Tove Ditlevsen

Paraplyen og Den onde lykke

Tove Ditlevsen

SPRING 野

更具体地生长

All This Wild Hope

我们对最亲近的人内心发生的事毫无兴趣，
可能是许多问题的根源。

——

她害怕伤害任何人，
并且根深蒂固地认为，
爱情和婚姻几乎没有任何关系。

Tove Ditlevsen
1917—1976

Tove Ditlevsen

Paraplyen og Den onde lykke

邪 恶 的 幸 福

[丹麦] 托芙·迪特莱弗森 著

李思璟 译

GUANGXI NORMAL UNIVERSITY PRESS

广西师范大学出版社

·桂林·

图书在版编目(CIP)数据

邪恶的幸福 / (丹) 托芙·迪特莱弗森著; 李思璟
译. —— 桂林: 广西师范大学出版社, 2025. 2 (2025. 4重印)
ISBN 978-7-5598-6922-7

Ⅰ.①邪… Ⅱ.①托… ②李… Ⅲ.①短篇小说 – 小
说集 – 丹麦 – 现代 Ⅳ.①I534.45

中国国家版本馆CIP数据核字(2024)第089315号

著作权合同登记号桂图登字: 20–2024–026 号

XIE'E DE XINGFU
邪恶的幸福

作　　者: (丹麦) 托芙·迪特莱弗森
责任编辑: 彭　琳
特约编辑: 苏　骏
装帧设计: 汐　和　at compus studio
内文制作: 陆　靓

广西师范大学出版社出版发行
　广西桂林市五里店路9号　邮政编码: 541004
　网址: www.bbtpress.com
出版人: 黄轩庄
全国新华书店经销
发行热线: 010–64284815
北京启航东方印刷有限公司印刷
开本: 787mm×1092mm　1/32
印张: 8.25　　　　字数: 109 千
2025 年 2 月第 1 版　2025 年 4 月第 2 次印刷
定价: 48.00 元

如发现印装质量问题, 影响阅读, 请与出版社发行部门联系调换。

目　　录

第一辑　　伞 Paraplyen

第二辑　　邪恶的幸福 Den onde lykke

Paraplyen

第一辑　　伞

伞

　　海尔加总是毫无理由地对生活抱有过高的期待。像她这样的人就生活在我们中间，与那些靠直觉处理事情，并根据自己的长相、能力和环境，准确地知道如何才能在世上完成需要做成之事的人，没有明显区别。海尔加在这三项因素上都只是平均水平。进入婚姻市场时，她是个略显矮小、无趣的年轻女子，有着窄小的嘴唇和上翘的鼻子。她唯一有优势的特征是那双充满疑问的大眼睛，倘若有人留意，可能会称之为"梦幻般的"。但如果有人问她在做什么样的梦，海尔加只会面露窘态。

　　她从未展现出任何特殊的才能。她在公立学校的成绩还不错，家政的工作也做了很久。她不介意努力工作，在她的家庭里，这就像呼吸一样自然。大多数时候，她都随和而安静，但不会太孤僻。晚上，她会和几个女友一起去舞厅。她们每人点一杯苏打水，然后去寻找舞伴。如果她们坐了很长时间也没人邀请，她的女友们便会渴望和任何人跳舞，哪怕对方是个驼背的男人。但海尔加只是心不在焉地在舞厅里四处张望，如果她看到一个吸引她的男人——总是黑发褐眼的男人——她便会坚定地、毫无戒备地、严肃地盯着他，让对方不由自主地注意到自己。如果走近她的不是她选中的那个人（实际上这种情况并不经常发生），她会低头看着自己的大腿，脸微微泛红，尴尬地找借口："我不跳舞。"几张桌子外，一双褐色的眼睛观察着这不寻常的一幕。这个女孩不会爱上第一个出现的男人。

久而久之，她的心头荡漾出许多微小的迷恋，像春风吹得新叶摇曳，却不会改变它们的生命轨迹。男人会跟着她回家，吻上两片冰冷、紧闭的嘴唇，这双唇拒绝以任何形式屈服、张开。海尔加非常传统。这并不是说她不会在结婚前交出自己，但她脑子里想的是，她会先戴上戒指，把选定的男人带到父母面前，然后才会走到那一步。那些太没有耐心，或者没有足够的兴趣等待这项仪式到来的男人，或多或少失望地离开了。偶尔，这种时刻会让她有点心痛，但生活节奏由工作、睡觉、充满新的可能性的夜晚组成，这让她很快就忘了。

直到二十三岁时，她遇到了埃贡。他爱上了她的独特之处——那种难以形容的特质，很少有人注意，更少有人将它视为优点。

埃贡是一名机械修理工，喜欢足球、赌博、台球和女孩。然而，由于每个被爱击中的人都会受到更高维度的气息影响，所以这个普通人开始读诗，他的表达方式也有所变化，如果他店里的哥们儿听到他现在说的话，一定会目瞪口呆。后来，他回想起那段时间，仿佛当时患了一场重疾，给他的余生留下了印记。不过，在这段感情持续的时间里，海尔加精心保持的贞洁让他自豪又开心。等他们戴上戒指，见过她的家人后，他在租来的房子里准备好的长沙发上，认领了属于他的财产。一切都是计划中的样子。她没有骗他。他心满意足地睡着了，留海尔加独自困惑。她哭了一会儿，尤其因为她一直期待的是某种无与伦比的体验。可她的眼泪毫无意义，因为如今她的道路已经决定好了。婚礼日期定了，各种用品收拾完毕，她还向雇主递交了辞呈，因为埃贡不让她在婚后还"替别人擦地板"。她的朋友们有点嫉妒她，她的父母也很满足。埃贡是个技术工人，因此在这个世界上比她父亲的地位略高一些；父亲曾教导她，在这个世界上永远不要看低自己，但也不要"编造幻想"。

那天晚上，海尔加并没有明确地预感到她身上将要发生决定性的事情。不过，她还是清醒地躺了很长时间，没有特意思考什么。半睡半醒间，一种奇怪的欲望从她的意识中飘过，她想：我要是有把伞就好了。她突然意识到，这件对某些人来说只是必需品的东西，却是她一生梦寐以求的。小时候，她的圣诞许愿单上都是合理且实惠的物件：一个洋娃娃、一副红手套、一双旱冰鞋。后来，当平安夜的圣诞树下堆满礼物时，她的内心一直被期待的狂喜攫住。她看着自己的礼物盒，仿佛它们承载着生命本身的意义，打开盒子时，她的手都会颤抖。之后，她坐在那里，对着她要的洋娃娃、手套和旱冰鞋哭泣。"你个不知感恩的孩子，"她母亲生气地说，"你总是破坏气氛。"这话不假，因为下一个圣诞节这一幕还会重演。海尔加从来都不知道，她到底期待在那些充满节日氛围的包裹里发现什么。也许她曾在许愿单上写过"伞"，但没有收到过。要送她这么一件不起眼且多余的东西，实在可笑。她母亲从来没有伞。你只管承受风和坏天气，不要奢望还能让自己宝贵的头发和皮肤免受雨淋，即便如此，雨水也会淋湿其他所有东西。

海尔加最终将注意力转向自己作为未婚妻的角色上，并和她母亲一起履行应尽的义务。然而，有时她会醒着躺在埃贡身边，或者躺在雇主家里女佣房的床上，悉心呵护着拥有一把伞的奇特梦想。

她脑海中开始形成一个画面，给她隐秘的愿望染上一种禁忌且不可靠的色彩，也为她那一整天的表情蒙上一层微妙而难以理解的面纱，让她的未婚夫怀着嫉妒和恼怒的心情叫嚷起来，仿佛怀疑她不忠似的："你在想什么?"有一次，她回答说："我在想一把伞。"他一本正经地说："你疯了!"那时他已不再读诗，也没再提过她"梦幻般的眼睛"，但这并不意味着他感到失望。只不过，现在她已经成为他生活和日常中永久的一部分。她陪他看了无数场足球比赛，却始终不明白，为什么这种娱乐方式能使人像着魔一样大喊大叫或陷入沉默。

从她记忆中浮现的画面是这样的：她大约十岁，坐在家里卧室的窗前，朝下望着院子，院子被后门楼梯上的灯洒下的微光照亮。她穿着睡衣，早该上床睡觉的，但她养成了习惯，睡前会在那里坐一会儿，凝视窗外的夜色，什么也不想，让温和的宁静将白天发生的事情从她脑海中抹去。突然，她看见大门打开，雨点有节奏地溅落在院子潮湿的鹅卵石上，一个梦幻般的美丽生灵正在漫步。她的黄色长裙几乎要垂到地面，一把伞高高飘浮在她浓密、柔顺的金色鬈发上方。这把伞不像海尔加的祖母用的那把——黑色的圆穹形，结实的伞柄——

而是一把扁平、鲜艳、半透明的伞，似乎补全了撑着它的人，就像蝴蝶闪闪发光的翅膀。短暂的一瞥后，院子恢复了此前的冷清，海尔加的心跳却因莫名的兴奋而加快。她跑进客厅去找父母。"有位女士正穿过院子。"她轻声说。接着，她语带敬畏和钦佩地补充道："她有一把好漂亮的伞！"

她赤脚站在那里，对着灯光眨眼。熟悉的客厅里缺少一件可与之相比的东西，现在，她只觉得这里显得局促而简陋。她母亲一脸惊讶。"一位女士？"她问道。她的嘴角耷拉下来，每当有什么事让她不高兴或烦恼时，她就会这样。"是隔壁那个女孩，"她严厉地说，"她可真够丢人的。"海尔加的父亲也转过身来，脸上带着一闪而过的愤怒。"你明明该上床睡觉了，为什么会坐在那儿盯着窗外？"他喊道，"回去睡觉吧。"

她看到了不被允许看到的东西。她的世界里有了一种此前从未存在过的东西。尽管她是个听话的孩子，但从那以后，她每天晚上都会蹑手蹑脚地走到窗前，看着那条黄裙子从鹅卵石上飘过，不论天气如何，总带着一种难以形容的甜蜜而鬼祟的气质，而且总有那把神秘的伞相伴，能不能看到，取决于是否在下雨。她母亲炖肉汁时总是缺少最重要的食材，而她会替母亲去敲开邻居家的门，借一点人造黄油或面粉，但这每晚的景象与那张出现在门框中的睡眼惺忪的脸毫无关系。有一天，这位邻居搬走了，情况也并没有明显的变化。很长一段时间里，小海尔加依然在窗前等待，等那条黄色长裙和那把飘逸的半透明伞。当夜里穿过渐暗院子的身影不再出现后，她只是闭上眼睛，听着雨点打在某种紧绷的丝质物件上，比她童年所有的声音和气味都更遥远。

　　海尔加和埃贡搬进了一套两居室的公寓，和她父母的公寓很像，离得也不远。但它在一楼，而海尔加的一个夙愿实现了，现在她可以坐在自己的房子里，看着外面的车辆。她拥有了以前从未有过的东西——时间——而且，由于闲散乃万恶之源（她很容易相信这样的警句），这让她有点内疚。不是对赚钱养活她的丈夫感到内疚，只是一种大体上的感受。她让自己成为一个温和、谦逊的人。她夸大自己仅有的几项职责，强调她经常去看望父母，父母也经常来看她。她的公婆住在乡下，她不时给他们写信，尽管她只在婚礼上见过他们。她在信中详细描述自己每天如何做家务，如何最大化地利用埃贡的薪水，并让每个人都受益，最后总是单调地写道：我们都很好，希望你们也是。爱着你们的儿媳，海尔加。

每天早上，她和母亲都戴着头巾，提着结实的购物袋去购物。她母亲在肉店买最好的肉，并解释说：努力工作的男人需要一顿丰盛的饭。每天傍晚六点，海尔加准时为丈夫端上"一顿丰盛的饭"。但从他早上出门的那一刻起，一直到晚饭时间，她都很少想起他。买好东西，打扫完卫生，她就坐在窗边织补衣服，这样做是为了不让她去想自己正无所事事地坐着，而街上的人似乎都有很多事情要做。她躲在窗帘后面的隐蔽处，饶有兴趣地认真观察他们，就像在认识埃贡之前，她观察所有褐色眼睛的男人那样。她心中隐约感到好奇：他们要去哪儿？他们为什么这么忙？虽然她没有意识到这一点，她其实很孤独。她经常想起母亲，因为在海尔加眼中，母亲和其他人不一样，她从来不会改变。对海尔加来说，和母亲在一起给了自己某种喘息的机会。母亲和孩子。慰藉。她喜欢回忆自己的童年。她喜欢听母亲讲过去的事。她母亲话很多。句子从她嘴里冒出来，在远处模糊的风景四周形成坚固的框架。她常说："你现在的生活很好，你应该更珍惜一点，可你总是不知感恩。""我怎么不知感恩了？"海尔加问。接着，她总会听到自己收到礼物时哭泣的故事。"最后，我们都不敢给你买东西了。"母亲说。她们坐在暮色中，想到那个不领情的孩子总会为了礼物而哭泣，而那些礼物本可以让其他孩子高兴，便不禁摇了摇头。她们谈论这件神秘的事，语气像谈论战胜猩红热一样：天哪，你当时病得那么重，我们还以为你永远好不了了呢！

海尔加最喜欢听的，是所有那些她不记得的事情：她说的第一句话、她学习上厕所的时候，等等——那些任何母亲提起孩子时都会讲到的事，根本无法将她和其他小孩区别开来。她母亲喜欢在这些故事的结尾站起来，一边收拾自己的东西，一边说：好吧，我们不会再看到那样的时刻了，或者用一种不带抱怨的语气说些类似的话，但这在盖着海尔加内心最深处的薄纱上——就像包裹着未出生孩子的羊膜——留下了一道细微的裂痕。

母亲离开时（总是在埃贡回家之前），海尔加向那熟悉的敦实身影挥手，直到看不见为止。随后她坐回窗前，没有开灯。悲伤在她的内心和四周滋长。她想：要是埃贡能回家就好了。然而，等他真的回到家，小房间里都是他嘈杂的陪伴，一切魔力都被打破了。难道她渴望的不是他？她静静地走来走去，履行她家庭主妇的职责，像小鸟一样啄着食物。当她的丈夫需要回答时，她会说"是"和"不是"。有一次，他仔细地打量她。"你应该要个孩子了，"他说，"我真他妈不明白这为什么还没发生。"她脸红了，部分原因是她在那方面缺乏经验，但更多是因为，她其实并不介意没有孩子。与母亲的亲密无间让小时候的海尔加一直活在她心里，所以好像没有空间再容下另一个孩子了。有时，埃贡问她母亲来过没有，她会对他撒谎，因为不知出于什么原因，埃贡不喜欢她母亲在自己不在家的时候常来看她。

日子一天天过去，一天与另一天没有任何明显区别。

一天晚上，海尔加做好饭后等了一个小时，埃贡才醉醺醺地回家。他一头栽到长沙发上，警惕而阴险的目光跟着她穿过客厅。"你怎么了?"他突然问，"你脸色好苍白。"她大惊失色，赶紧在脸颊上抹些腮红，但此后她就习惯他的语气了。她也习惯了做容易重新加热的饭菜，因为很难预测他什么时候到家。她跟母亲说了这件事。"埃贡开始喝酒了。"母亲似乎比海尔加还要担心。"男人喝酒是因为对妻子不满。"她断言。而且，由于母亲认为人总能做点什么来解决问题，她建议女儿和埃贡"开诚布公地谈谈"，弄清楚问题所在。但海尔加从未试着设身处地为别人着想过；她从来没有必要这样做。她的性格完全由一堆缺乏范式或规划的记忆组成。记忆中有几双褐色的眼睛、一种朦胧的心情、一份巨大而无法定义的期待、一条黄裙子，以及一把伞。还有眼泪和失望，很多其他的事情，其中夹杂着小小的快乐。有个男人曾撬开过她苍白、窄小的嘴唇，有那么一会儿，让她感到某种未知而奇妙的情绪拉扯。有个声音对她说过奇怪但甜蜜的话语，而在所有这些之上，撑着她童年和梦想中的精致丝绸伞面。这与那个开始酗酒的男人无关。她认为，自己已经为他付出了他能合理要求的一切，她隐约感到，自己对他隐隐的亏欠感只是因为她没有怀孕，而这是新婚妻子应该做的。然而，像往常一样，她似乎期待着自己能拥有更多，一种只能与其他未知的个体共享的富余。并不是说她要因为任何事责备任何人——她从来没有这么做过，因为她知道自己有多么不可理喻。在她写下的人生许愿单上的事都是可以实现的：有时间做梦、有一个褐色眼睛的丈夫，还有一个孩子——最后一项只是出于传统的原因。决定她外在行为的一直是有形的东西，所以她认为是某些具体的东西让埃贡开始酗酒，并对她恶语相向。她喝着茶，若有所思地朝母亲点点头，承诺要和丈夫"开诚布公地谈谈"。但她已经断定，他是因为没有孩子才心烦意乱的，而没人能解决的事情根本不是合适的话题。即便跟她母亲聊也不行。

那天，埃贡半夜才回家。他把自己的脏工作服扔到客厅中间，叫来正在热饭的海尔加。

"我受够了。"他缓缓地说，像水手一样双腿发软。她出现在厨房门口，用悲伤而疑惑的眼睛盯着他。

"你受够了什么？"她焦急地问。

"一切，"他说，他呼吸中的酒味扑到她脸上，"你以为我是什么，傻子吗？"

她没有回答，而是从他身边后退了一步。她思维迟钝，永远无法完全跟上情势，尤其是突然出现的情势。她的头脑只会因回忆而活跃起来。

"饭菜要热煳了。"她迟疑地说。

他无情地笑起来。

"我不想吃东西,"他慢吞吞地说,"我已经吃过了。"

"你在哪儿吃的?"她小声问,开始解开围裙。她的双手微微颤抖。他看得出她是受伤或者害怕了,于是又放声大笑起来。

"如果你一定要知道的话,和一个漂亮女孩。"他得意地嚷道。接着,他冲她的脸打了个嗝,走进卧室,和衣在床上躺下。

海尔加跟上去。她一边迷茫地看着他,麻木到没有任何清晰的想法或感觉,一边摸索着一个安全而天真的落脚点。她低声说:"我要告诉我妈妈。"但他已经睡着了。

她知道自己应该像普通人那样,为他很有可能出了轨而痛苦,可她并没有觉得受到多大的伤害。丈夫不该酗酒,但出轨更糟糕。她没有像往常一样胡思乱想,而是想象他和另一个女人在一起,但这实际上没有多大区别。他威胁的只是她的外在生活。这并没有改变她是谁;她的身体还是和以前一样，仅有一点小小的不同——对其他男人来说，它贬值了。自从结婚后，她就没想过"其他男人"这几个字。此刻，她慢慢脱下衣服，心里只想到这个，因为她知道母亲也会这样想。母亲会辩解说，如果丈夫没有尽到对她女儿的义务，她便只好去找其他褐色眼睛的男人，以支持她的日常开销——男人绝对要有褐色眼睛的想法，实际上来自她母亲。这句话一直印在她心里：深色眼睛的男人就是善良的化身。

埃贡在她身边沉睡，海尔加躺在旁边观察他。虽然已经很晚了，她却一点也不困。他下巴放松，胡子拉碴，正打着鼾。人们会这样观察陌生人，而不是自己的丈夫。也许对她而言，他早就是个陌生人了——自从那天她满怀期待地去找他，却以她自己平静的方式，带着深深的失望离开，并没有意识到这是什么重大灾难。除了在其中一人强迫另一个人行动时，一个人对另一个人还有什么意义呢？

海尔加的反应很奇怪。有几次她偷了家里的一小笔钱，藏在一个原本是首饰盒的小盒子里，盒子是她收到的坚振礼 [1] 礼物，她当时并没有抱着什么特别的目的。也许她试图说服自己，这是为了买圣诞礼物或别的他们买不起的东西。但现在，她意识到自己为什么要存钱。她在黑暗中突然笑了笑，悄悄溜下床，走到她藏盒子的抽屉前。月光照亮了小房间，仿佛黎明已经到了。她像小偷一样熟练地数钱。几乎有四十克朗。她把钱握在手里，微微一笑，获得了救赎，独自一人，就像在睡梦中微笑的孩子。她满心只想着一把撑开的透明伞，有具体的形状和颜色。她渴望早晨到来，她的心怦怦直跳，仿佛一个要去见情人的女人。她想象着在雨中的街道上，撑着这把丝绸伞漫步。模糊而明亮的画面像蒲公英丛一样在她的脑海中散开——她曾工作过的一座房子里，穿着晚礼服的女主人说：噢，海尔加，把我的伞拿来。她手里拿过许多把伞，却从未多想。不在她世界中的东西，对她来说没有任何意义。直到现在。直到她采取行动。

---

[1]　坚振礼是部分基督教派别认可的一种仪式，一般在儿童十二三岁时施行。——若非特殊说明，本书注释均为译者注

她溜回床上，丈夫在睡梦中伸手摸向她的身体，嘴里嘟囔着什么，她听不清。她小心翼翼地把他那只疲软的手塞回被子下面，一丝陌生的柔情在她体内涌动。有那么一瞬间，她感受到了自己对另一个人所能感受到的最灼热的情感，但不包括她母亲。最近，埃贡经常嚷嚷着要离婚，说他不想再和"一根扫帚柄"维持婚姻关系了，但扔向她的这些话，像穿过筛子一样穿过了她。她父母吵架时总是同样地大吵大嚷。那并不代表什么，她已经习惯了。对她来说，重要的是不能让邻居听到。她从来不喜欢争吵；她只是觉得其他人很喜欢这样，但她不喜欢。她用另一种方式为自己辩护，却无法得知它何时会浮出水面。也许埃贡根本没有出轨，但这已经不重要了。

第二天早上，两个人都表现得若无其事。他们的生活就是这样。海尔加为丈夫做了午餐便当，给他煮了咖啡，并在他出门时亲吻了他的脸颊。和往常完全一样。接着她就去买东西了，心里充满轻快的期待。没有人告诉她，那天早上她看起来很美，就像普通人偶尔感到高兴时会显得漂亮一样。她像一颗暗淡而娇弱的晨星，照亮了十一月的白昼，在熄灭前温柔而虔诚地颤动着。她已经不是前一天那个人了。她是一个走进商店去挑选雨伞的女人。她花了很长时间才找到合适的伞。回家的路上，她笨拙地拿着它，仿佛一个不习惯捧着花的男人。

一回到家，她便撑开伞，拿着它在公寓里跳来跳去。她体会到一种全新的快乐。她走起路来，就像小时候看到的那个穿黄裙子的女人。她走过成堆的脏盘子，穿过角落里放着棕榈树、墙上挂着画的宽敞明亮的房间。她宛如走进一间灯火通明的舞厅，回想起自己的第一支舞。她提起那条看不见的裙子的下摆，跳了几步。伞柄冰凉，很细，但很结实，能够紧紧握住，能够欣赏，能够信任，能够认可。现在，她可以对她的女友们说：我买了一把伞。而这把伞仍旧属于她一个人。她收起伞，研究它的构造：闪亮的伞骨、可爱的小丝绸扣，还有耐用的半透明布料，某一天，雨水会在上面奏出被遗忘的失落时光的旋律。

她的狂喜持续了大半天。她没有想到母亲，没有打扫房子，甚至没有拭去家具上的灰尘。她也没有想到埃贡。

出乎意料的是，他一下班就回来了，她正坐在窗前的老地方，面前放着空织补篮。她冲他微微一笑，站了起来。

"我还没做晚饭。"她随口说道，又补充了一句挑衅的话，这一点也不像她："我以为你会在外面吃呢。"

他没有回答，她确信他没喝醉，确信他在尽量避开她的目光。为什么？她想告诉他那把伞和她偷钱的事。她需要和别人分享自己的快乐。可他显得格外拘谨，坐在桌旁清了清嗓子。"昨天的事我很抱歉，"他尴尬地说，"我说的不是真的。我只是喝醉了。"

"我明白了。"她淡淡地说。一整天，她都没想过前一天发生的事。即便是现在，她也很难去想除了伞以外的任何事情，但当下的情形要求她说点什么。她和他一样感到尴尬，低头盯着自己的手。

"没事，"她坦率地说，"我已经都忘了。"

她没有注意到埃贡脸上逐渐蒙上的黑影，也没有注意到他是多么绝望地紧绷着全身向她逼近。她是一个被叫到名字也不会应声的人。在她需要什么东西的时候，她会用微弱的声音叫喊，但很容易被风暴淹没。此外，如果两个人同时呼喊，很少都能得到回应。她自己很满足——她甚至还有一点富余可以分享——然而在很长一段时间里，她丈夫像头笨拙的巨兽一样追逐着她，她却像只受惊的瞪羚，敏捷而轻盈，从他身边蹿进一片明亮而隐蔽的林中空地。

她在他对面坐下，身材娇小、挺拔，在他看来重新显得神秘而迷人。就像很久之前一样，他嫉妒而担心地问："你在想什么?"和从前一样，她清澈、梦幻的眼神掠过他，回答说："一把伞。"接着，她突然雀跃起来。"我买了一把伞，埃贡。你想看看吗?"她已经蹦跳着到了门口，兴奋得喘不过气。

但他跟在她后面，突然愤怒地从她手里夺过这件精致的物品，抵在他结实的膝盖上掰成两截。

"给你，你的伞！"他喊道。有那么一会儿，她震惊地愣在原地，盯着断成两截的伞，那造型巧妙的伞骨，还有那被扯破的绸面。

然后，她默默地从他身边走过，走进小客厅，回到可以掌控的、可以忍受的、早已注定的地方。她一如既往地坐在窗边，终于意识到这里是她的地盘，这里的一切都是该有的样子。她记忆中的色彩混在一起，开始形成一种图案。她意识到，自己永远不可能成为一把伞的主人。这是很自然的——伞被毁掉很合理。她已经违背了支配她内心世界的秘密法则。很少有人敢将难以言说的事情变为现实，哪怕一生只有一次。

海尔加冷淡地对丈夫微笑。仿佛他突然让她体内的某根弦微微颤动了一下，也许是因为，在她的潜能化为乌有之前，他让她看到了自己潜能的极限。她没有那样想过。她只是想：就好像我背叛了他，而他原谅了我。她严肃但心不在焉地点点头，仿佛对一个想从天上摘一颗星星送给别人的孩子点头一样，与此同时，他正忙着把一颗新灯泡拧到天花板上，他回过头对她说：

"你会得到一把新伞的。"

猫

　　他们在火车上面对面坐着，两人都毫无特别之处。即便你厌倦了盯着平常的风景看，眼神也不会落到他们身上，他们就是那种人。窗外的风景似乎从远处冲向火车，接着静止片刻，形成一幅平静的画面：柔和的绿色曲线、小房子和花园，其中的树叶在火车后部的烟雾中微微颤动，变成灰色，烟雾仿佛一面飘扬的长旗。你不会为了打发时间去猜他们是否结婚、是否有孩子、年纪多大、职业是什么，等等。你能从他们毫无生气的眼中看到婚姻和办公室里的工作。男人把脸藏在报纸后面，女人似乎已经睡着了。每天早上和晚上，在办公室职员和工厂工人通勤的时段，他们都坐在那儿。通常坐在最后一节车厢的相同座位上。最近有几天她不在。

也许她生病了。所以他一个人坐着，对旁观者来说，这没有任何区别。他摊开报纸仔细阅读，然后叠得整整齐齐，下车时就留在座位上。一个三十多岁的普通上班族。现在正是感冒多发期，所以她可能得了流感。

他轻轻摸了摸她的膝盖。"我们到了。"他说。

这没有必要，因为她并没有睡着。她站起来，从行李架上取下包，整理好帽子，走在他前面下了车。他们继续沿着路往家里走，他从侧面看着她。她看起来很疲惫，她总是这样。她没有生病，也没有比那些一边工作一边照顾家庭的女性承担得更多——事实上，由于他们没有孩子，她反而做得更少。可她总露出一种背负着全世界重担的样子。至少在他看来是这样的，这让他很恼火。最近，他很容易生气。他抿紧嘴唇，清了清嗓子。

"猫还在我们家吗？"他问。

"应该在，"她说，"天气这么冷，我可不想把它赶去外面。"

他皱起眉头，没有说话。那只猫已经慢慢渗

透进他们的生活。一天晚上，他们回到家，发现它在门外喵喵叫。于是她喂了猫一点牛奶，便让它走了。第二天早上，它又回来了，他们出门时，他朝它扔了一块石头。到了晚上，她把猫放进家里，因为外面的气温在零度以下，而它似乎没有别的地方可去。早上，整座房子都弥漫着猫尿的气味，这个小东西甚至没有接受过保持卫生的训练。它抱歉地在他们腿边咕噜咕噜叫，她在它身后跑来跑去忙着清理，还喷了氨水去除异味。

　　然后，他们开始为这只猫争吵。他放它出去，她又把它接回来。晚上，他们躺在床上，听到前门外传来微弱的喵喵声，于是她起来给它喂点东西，而她丈夫心中滋生出一种难以理解的怨恨。"别让它进来。"他冲她喊道。但第二天早上，它就在客厅里，优雅地跳上她的大腿。她温柔地照顾它。"小猫咪，"她说，"你要是知道讲卫生就好了。"他们坐下来喝咖啡时，猫尿的气味让她脸色苍白。她住院期间，他成功将它赶了出去。每当他在家附近看到那只猫，就会朝它扔一块石头，为自己永远也打不中它而沮丧。然而，等她回到家，她最先问起的就是猫。她站在房子外面喊："猫咪，快过来，宝贝。妈咪回家咯。"猫真的回应了她的呼唤，仿佛一直在附近等着她似的。她清理掉前门台阶周围的雪，把小家伙带进他们温暖的客厅。她将脸颊贴在它的皮毛上，眼里含着泪水。"你这只可爱的小猫咪。"她低声说。他讨厌多愁善感，也讨厌脏乱。她明明可以把精力和关爱花在其他事情上。内心深处，他很高兴她之前流产了。那个孩子会让他们的生活天翻地覆。在他们结婚的六年里，一切都稳步前进。他们有房子，有漂亮的家具，有很好的朋友，老板每个月来吃一次晚饭。有了孩子就意味着她不能工作，他们的生活水平会下降，他们的社会地位也是。他认为这是一件要避免的事情，他试图让她明白他推断的逻辑。但她怀有温和的期望，她生活的梦幻世界里，没有干巴巴的数字和演算。"我们自己的小婴儿，活生生的小婴儿，"她严肃地说，"这栋房子？它毫无生气。"

他原以为，她是要背叛他们共同的努力；她

已经从他身边走开，独自和这个陌生的异物在一起。仿佛她正因此变得越来越年轻漂亮，而他有点嫉妒，因为他无法参与她的幸福。小时候，他家里有六个兄弟姐妹，他记忆中只有无休止的哭闹和为钱争吵的情景，那时钱总是不够用。孩子让人贫穷。

猫是什么时候出现的？肯定是在他们意识到她怀孕之后，可除此之外，这两件事没有任何联系。一天早上，她很难受，被紧急送到医院；整件事只持续了几天时间，然后他松了口气。这不是任何人的错。如果孩子生下来，他们当然也能应付。但这样更好。他去医院接她回家，带着花，因为他隐约觉得她需要安慰。但她并不在意那些花，回家的路上，她在车里笨拙而紧张地捧着它们。她让他拍拍自己的手，可那只手在他手里就像一个陌生的死物。"你把猫赶走了吗？"她问。他觉得这是个奇怪的问题，但女人本来也没有分寸感。那几天，他格外照顾她，比平时更甚。晚上，他帮她洗碗，还让猫进来。有一次，他甚至亲自为它清理了粪便。然而,她似乎没有注意到他的努力,于是他不再帮忙,又回到原来的样子。他们没提孩子的事。只有一次,她正坐着,猫躺在她大腿上,她说:"我猜你现在又高兴起来了?"他为自己辩解,觉得委屈。随着时间的推移,他似乎发现,自己才是那个一直想要孩子的人,只有他在为失去孩子而悲伤。既然愿望没有实现,他便可以允许自己为此感到难过。只要有她的猫,她就很快乐。但他马上就会让这一切结束。永无止境的脏乱。

他们一进家门,臭味便扑面而来。他示威般地打开所有窗户。现在那个小东西必须离开。她在厨房的时候,他把它从椅子上踢下去,它冲向她。他能听到她一边往它的碟子里倒牛奶,一边对它咿呀说话。她拿着水桶和氨水进来时,头上围着一条头巾,而他躺在长沙发上。活像个清洁女工,他生气地想。

然而,当他看到她弯曲、灵活的背部时,体内突然涌起一阵暖意,这让他惊讶不已。他已经很久没有过这种感觉了。"格蕾特?"他说。

"怎么了?"她没有转身。

"过来。"

他起身,一动不动地站着,在她那清晰而疑惑的目光前显得有些窘迫。老天啊,他想,我们好歹已经结婚了。可她穿着舒适的平底鞋从他身边走过时,突然显得那么陌生,仿佛他从未将她抱在怀里。但这不是我的错,他想,带着一种郁积的、无可奈何的愤怒。一切都没有结果,难道也是我的错?

他盯着那扇关上的门,接着注意到猫在桌子底下,用捕猎般的目光盯着自己。它趴在那儿,仿佛正在抓老鼠,一动不动,耐心等待。他静静地站在地板中央,感觉自己的感官同样充满捕猎般的警惕。他朝那动物走了一步,它弓起背,发出轻微的嘶嘶声。他想找个东西打它,但就在他把目光从猫身上移开时,猫跑掉了,从一扇开着的窗户跳了出去。他将三个房间的窗户一一关上,然后走出去检查前门和厨房的门是否锁好。他倚在厨房台面上看着妻子。她把肉放进绞肉机,用手接着,肉从小孔里钻出来，就像又长又亮的虫子，她将肉条放进碗里。

她盯着自己手里的活儿，问："猫去哪儿了？"

他耸耸肩："我怎么知道？"

她迅速抬起头。"你把它放出去了。"她说，气得声音微微发抖。

"你在乱想。"他说，想挤出一声笑。

她洗了手，一根一根仔细擦干手指，仿佛在戴手套。

"去把它找回来。"她平静地说。

他移开视线。他想说点什么，但他的喉咙哽住了，似乎快要哭出来。问题到底出在哪里？他想。就好像她恨我似的。他带着无助的神情从她身边走过，走出厨房。

"猫咪，"他叫道，"快回来，猫咪。"如果猫回来了，他想，一切都会好起来的。但它没有出现。他在院子里找了一遍，所有的怒气都被一种他无法形容的未知感受驱散了，这感受让他难以招架。他在被白雪覆盖的草地上的树木间寻找；他在找那只小猫，它带来了很多麻烦，却没有带来任何快乐；这毫无道理。他一直是个遵照理性行事的人，也因此得以一步步前进。他从未有过冲动去做无意义的事情。他娶了一个家境不错的漂亮姑娘；再过几年，他会升职为经理，他们也许就有能力要个孩子了。格蕾特可以不用工作——"过来，猫咪，小猫咪"——他祈求生活能放他一马，但不知道为什么。他很害怕。他身处未知的领域。他不再认识站在厨房里的那个女人，她要求他把那只脏兮兮的、没受过训练的猫带回家。他希望她仍是以前的样子，那时他还可以和她闲聊日常琐事。他会把她搂在怀里，再次感受拥有她的骄傲。也许他可以用那只猫收买她。

小猫正窝在棚子的一个角落里，他一走近，它便发出嘶嘶声。"小猫咪，"他温柔地低声说，"别害怕，回去找妈妈吧，我们走。"

它从他两腿之间溜过去，自己跳进了敞开的厨房门。他进去的时候，她怀里抱着它。泪水滴在它的皮毛上。她吻了它的头、它的爪子，还在它耳朵上长久而响亮地亲了几口。他能看到她的身体在颤抖。"格蕾特。"他害怕地说。突然，她松开小家伙，仿佛被人从沉睡中唤醒。接着，她盯着自己刚刚深情抚摸过那只猫的双手。她抬起头，摇摇晃晃地向丈夫走了一步。然后她停下来，用手背擦了擦额头。

"好了，"她说，"我想我最好去把晚饭做完。"

他感到心里有什么东西柔软下来，他想走过去搂住她的肩膀，想以某种方式靠近她。或许她预料到了；或许她也需要。但他突然想到，邻居们可能看到了他趴在地上，在灌木丛中钻来钻去，还喵喵叫着。

他正了正领带，走回客厅。猫跟在他身后，眼睛紧紧盯着他。虽然他没有表现出来，可他一直能感知到它的存在。

我妻子不跳舞

　　她正要走向门口去接电话，突然听到丈夫的声音——她还以为他在长沙发上打盹儿，但也许是电话铃把他吵醒了——于是转身走回厨房。他的话传进她的耳朵，仿佛从远处隔着玻璃门而来：非常感谢，你真是太好了，可我妻子不跳舞。

　　她停下来听着，血液涌上脸颊，心跳开始加快，仿佛某种危险正在迫近。怎么回事？她惶恐不安地想。什么也没发生。他当然知道我不跳舞。所有人都知道我不能跳舞。如果有人邀请我们去跳舞，让他们知道这件事再自然不过了。

　　她继续在厨房里干活，心烦意乱，奇怪地感到有些尴尬。她从没想过要向他隐瞒。反正也不可能瞒住。自从他第一次吻了她，他就一定知道，甚至在遇到她之前，他可能就已经知道了。每当她的名字出现，人们都会提到这件事。"她得过小儿麻痹症，可怜的孩子。"但显然，这对他来说并不重要——这或许就是她爱上他的真正原因？她从未在他眼里见过那种体贴入微的怜悯。

她开始机械地快速削土豆，同时试着让自己平静下来：什么也没有发生，只是我碰巧听到了。（但如果我在房间里，他还会说同样的话吗？）谁打来的电话？也许是个对她一无所知的大学老友。一阵空洞的忧郁用无情的黑暗罩住她，让她无法逃脱。有什么东西突然起了变化，虽然她说不出究竟是什么。

每个人都能亲眼看到，所以，他们从不谈论这个，又有什么区别呢？它每一天、每一分钟都跟着她，无处不在：在公共汽车上，在电车上，在商店里，在长长的街道上。在这些地方，她几乎不可能不被人注意到便穿过开阔的广场，或者更糟——路过那些下班后站在街角的年轻人，他们露骨的警惕目光比任何事物都更折磨她——但结婚之后，她就不太能感受到这些了，因此，人们大都觉得她是个能够被渴望、被爱的女人，像其他人一样能够成为别人的伴侣。他们一起出去的时候，他有没有想过这个？还是一直都在想？她是否让自己陷入了一种虚假的安全感中，在这个他们共同打造的家的四壁里？她童年的梦想是像其他所有人一样，或是有任何其他类型的身体问题，一些不会被人第一眼注意到的问题——不健康的肤色、细长的腿、丑陋的手——这个梦想如今又重回她的脑海。那样的问题可以隐瞒一段时间，甚至瞒过她深爱的丈夫。然后有一天，也许是在争吵的时候，她或许终于听到，他其实一直想着这个问题。接着，她会觉得自己无处躲藏，会哭泣，仿佛她的生活和幸福被永远毁掉了，哪怕她仍然可以对那些她偶然或不常接触的人隐瞒下去。但跛脚的女人暴露缺陷的方式有所不同。她跛行的程度，并不取决于是否有人提及。这是事实，每个人都能看到，就像红发或兔唇。在此之前，她从未试图向任何人隐瞒。如果有人邀请她出去跳舞，她丈夫自然会指出她不能跳。也许，他就像是在回答另一个问题，冷静地、不带任何情绪地说：我们的墙壁是蛋壳漆面的，卧室刷成了蓝色，我们结婚大概六个月了。——这不会改变既定事实。只有孩子会喊她"瘸子"，而且只有在她还小的时候，他们才会这么喊。

她已经摆脱了童年的痛苦，溜进了礼貌、周到的成人世界。她早已成功做到不去想人们在背后如何评价她。而且，她还能用其他方式提升自己。她能聊文学、政治、艺术和其他国家，不输他们圈子里的任何男人。她在法国住了两年，画了点油画，也会素描。她学会了与各种各样的人交谈，在任何聚会上都能坚持自己的立场。然而，除了能把人们的注意力从其他女性优美的腿和正常的步态上转移开之外，这些东西真的让她感兴趣吗？

她削好土豆，站在那里，一只手扶着水龙头，另一只在盆里搅动，似乎突然没有力气清洗土豆，再将它们放到炉火上了。她在一把厨房椅上坐下，用围裙擦干双手。她一动不动，眼睛直直盯着前方，仿佛是一台机器，在断电后还能继续运转一小会儿，随后便抖动着停下，死去，对缠绕在其精巧的齿轮和气缸之间未完成的零碎工作漠不关心。

对，每个人都知道。和她最亲密的女友们在一起时，她偶尔会聊聊这个话题——当然，在家里，这个话题逐渐变成必然会提到的事情，就像她母亲的关节炎和她父亲永久性的头痛。

可她从未对他提起过。有时——尤其是在他们刚开始交往的时候——她觉得他正要提起，也许是想帮她，但她会起身给他一个吻，或者问问其他事情，将他的思绪引向另一个方向。也许他已逐渐开始明白，他永远不能提起它，因为这会破坏她的幻想：至少在一个人眼中，她是完整的，是世界上最美丽、最受宠爱的女人。就这样，她成功地把这种诅咒从他们的婚姻中，从她丈夫的眼睛和意识中，也因此从她自己的脑海中隔离开来——至少在她在这厨房和其他房间度过的时间里——在这对幸福的新婚夫妇的第一个家里。她把生活中巨大的绝望都留在门外，只有当她离开家时，悲伤的黑色斗篷才又裹回她身上。因为在外面的世界里，一切都没有改变——无论是陌生人不近人情、了然于心的一瞥，还是孩子们厚着脸皮的注视。

然而，现在有人打开了门，一股无形的冰冷寒风在她周围呼啸，只在她身边，只有她能感觉到。她不知道自己该做什么，也不知道为何要做点什么。但她知道。那句话仍在她耳边回荡：我妻子不跳舞。她感到一种无力的苦楚，仿佛他为她撒了谎，仿佛他对她不忠。可不忠对她来说更容易忍受，因为这是可能发生在任何人身上的事情，是她和其他人都可以理解、讨论和共情的事情。但这件事她不能告诉任何人，尤其是她的丈夫，此刻他正坐在客厅里，一边看报纸，一边等着吃晚饭。

一股冰冷的仇恨涌上她心头。他坐在那里，对一切毫无察觉，等待着夜晚的慰藉。无可指摘。但如果你觉得自己遭到了背叛，那你就是遭到了背叛。

她起身回去继续准备晚饭。她把肉切成片，炖上肉汤。恨意穿透了她的脑海，像一束明亮而锐利的火焰，迫使她的思想脱离了正常的频道，就好像现在站在这里的女人，与半小时前或更短的时间前，走进客厅准备接电话的那个女人完全不同。在这刺眼的冷光中，她看见一个无关紧要的陌生人的身影，他欣赏她的智慧，喜欢她的食物，崇拜她的社会地位——比他的地位要高。他曾经只是一名工读生，那么彬彬有礼地走进她父母那些坚实可靠的大房间，想努力走进她出生、成长的文化环境之中。对他来说，除了作为他永远离开自己所属社会阶层的手段之外，她还有什么别的作用吗？所以他在交易中接受了这条腿！显然，他无法征服一个既有教养又优雅的女孩。

但恨和爱一样，都没有理智可言。恨意之火是冰冷的，以邪恶为燃料。还有另外一个男人，他隐约的影子，她试图让自己想起他的样子，那个用他温柔的声音和温暖的双手托她接近光明的人，那个保护她，让她忘记一切的人。他一定没有注意到任何事情。也许（还有一丝微不足道的希望）过不了多久，一切都会恢复原样。她会端出饭菜，用完全正常的声音问他，刚才是谁打来了电话。如果她不问，那才奇怪呢，会引起他的怀疑。怀疑什么？她可以微微一笑说：我听到你刚刚说的话了，你说我不跳舞。但即便我的腿不好，我还是可以跳舞的。也许，也许那时一切会比从前更好，他们之间再也没有不能提起的事情。

她告诉自己，他对她的爱不会比以前更多或更少，他毕竟娶了她——每个人都知道，在了解她的情况后，他还是娶了她。这种恨意，以及它带来的痛苦的假象，渐渐消失了。也许他这么大声说话其实是为了帮她？然而，一想到他或许早就知道她对这个问题心怀忧虑，她心里就盈满一种难以解释的羞耻感，这比什么都让她难受。

她慢吞吞地做着手中的活儿，几乎觉得有个强大的敌人正在外面舒适的客厅里等着自己。她不得不进去摆放餐具，可她怎么能直视他的眼睛，还表现得自然呢？

她慌慌张张地把肉放进盘子里，再将盘子放在托盘上，忘了撒盐和黑胡椒，便沿着长长的过道走去，听着自己的脚步声，她那跛行的脚步声，此刻，他听见声音越来越近，就像每一个晚上一样，但又不像任何一个晚上。

他放下报纸，对她微笑。"闻着好香。"他说。她开始摆放餐具，没有看他。她悄悄在心里演练着那个艰难而意味深长的句子：我听到电话响了，是谁打来的？

她想给自己争取一点时间。我们吃饭的时候，她想，等他忙于进食——他就不会盯着我看。

她出去拿杯子，感觉到他的目光无情地掠过她的身体，让她的动作变得僵硬而笨拙，让她那条短而细的腿走过门厅时比平时跛得更明显。泪水灼伤了她的眼睛，这是仇恨与羞耻的泪水，两者永远无法通过哭泣来缓解。

当他们面对面坐下来时，他清清嗓子，仿佛要说些什么，并好奇而惊讶地看着她。她想都没想，在惊慌中推了推水壶，水壶翻倒，泼得桌布上都是水。

"你在做什么？等等，我来帮你。"他语调友善，还有点不解。她让他拿来一块抹布，自己一动不动地坐着，看着他小心地擦干洒出来的水，同时，她的心缩成了一个小小的硬块。他什么都不知道，她告诉自己。他根本不知道我在经历什么。突然间，她觉得他是一个完全陌生的人，一个碰巧和她共处一室的人。她能感觉到，自己与他、与她对他的爱、与她和他的联结分裂开来。她陷入深深的孤独之中，但再次决定要问他是谁打来的电话——当她的目光与他的相遇时，她已经张开了嘴。他的眼神和蔼、忧伤而睿智。它们在深入地寻找什么，也许只是为了确认。确认什么？话停在她嘴边，永远不会说出来。

她悲伤而冷淡地笑笑。结束了，她想。现在还没有，明天也不会。也许他永远不会知道，一切都结束了。

"我今天有点累。"她抱歉地说。他们开始吃饭，同时小心翼翼地避免直视对方的眼睛。

他的母亲

老夫人正在等人。但称她为"夫人"并不算准确，虽然她肯定会觉得这个称呼很合适。因为"老夫人"这个词会让人不由自主地联想到一个可爱、温柔、白发苍苍的妇人，或者至少是一个端庄的女人。然而"可爱"并不是正确的描述，"温柔"也不合适。她实在是又矮又佝偻，还很不修边幅，根本谈不上端庄。她已经和这些铺着地毯的房间融为一体，房间里放着沉闷而庄严的家具，这些家具不久就要搬到她儿子明亮的新家去了，它们会显得格格不入，却是仅有的会思念她的东西。如果你碰巧看见她走出房间的样子，你只会想：那是个老妇人；你甚至会想：那是个贫穷的老妇人，因为多年来，她从没有为自己花过钱，除了去年用三克朗在一家二手商店买的一顶小帽子，还有她花了五克朗（她在寻找廉价劳动力方面很有一套），请一位上了年纪的女裁缝用她丈夫二十年前的大衣做的那条奇怪的裙子；此外，她还有一件用衬里做的罩衫，袖子是用虫蛀的旧窗帘做的。——她希望自己这辈子都不用再买衣服了，这年头花钱也买不到什么像样的东西，况且她又能为谁打扮呢？——

那天是星期天，她在等她的小儿子，他还是个学生，住在家里，但大多数晚上都睡在朋友家。他二十七岁，由于父亲意外辞世，只留下能最低限度供养遗孀的微薄收入，没给儿子留下任何现款，所以他的学业拖了很久。他不得不白天工作，晚上学习。预支属于他的遗产是不可能的。尽管他的母亲很虔诚，但她讨厌任何提醒自己有一天她也会死的东西，"继承"这个词让她脑海中只想着忘恩负义的孩子、不体面的葬礼宴会、无能为力和黑暗。她想，他能养活自己是件好事。年轻人不应该有太多闲暇时间——

但不知为什么，他还是有时间和女孩约会。

她小心翼翼地用鸡毛掸子在丈夫的画像上掸了掸，遗像周围挂着一个由蓝黄两色小花编成的花环，已经干枯了，闪亮的山毛榉叶子从中伸出来。她在画像前停下，有那么一会儿，她与周围的环境安静而自然地融合在一起，似乎比睡着的时候更接近死亡。随后，现实再次占据了她粗壮但脆弱的身体；她打了个寒战，想在画像中牧师的拉夫领上方那双平静且近乎快活的眼睛里寻找喘息的机会。"年轻人不懂得严肃——"她沉重地说，"对生活没有谦卑，也没有责任感。"

　　她真希望他们在结婚之前不要有亲密接触。她永远不会忘记那可怕的一天，她在儿子的钱包夹层里发现了一样东西，那东西的用处毋庸置疑，即便她早已嫁给了一位牧师，平静地接受了上帝希望他们拥有的孩子。那天晚上，她泪流满面地等着他，两根手指间夹着那个无菌的、沙沙作响的小包裹。"阿斯格，如今你已经堕落到不再信任你母亲了吗？"

　　想起这件旧事，她便气得眼前发黑，掸子碰

到了桌上的瓷器小饰品。接着，她将一把椅子拖到水晶吊灯下面，气喘吁吁地掀起裙子，露出一双又短又粗、穿着黑袜子的弯腿。她站上椅子，借助自己惊人的伸展能力，把一根末端缠着抹布的扫帚伸向吊灯上隐隐作响的垂饰，灰尘被抖落在钩针桌布上，那是特意为今天的活动铺在红木大圆桌上的。

他三点就该带着女朋友来的。现在快四点了。

她小心翼翼地从椅子上下来，倚着扫帚柄站着，环顾客厅，用她虚弱的眼睛观察是否还能看到灰尘。她看到妹妹严厉而僵硬的表情，那张脸从不同年龄的照片中以各个角度观察着这个房间。想到这个可怜的女人在精神病院里接受的不为人知的治疗，她便深深地长叹一口气，因为妹妹再也无法将任何念头从她那牢不可破的抑郁症泥沼中释放出来了。"可怜的小阿格尼丝！"但她的思绪又转到妹妹的众多孩子身上，最大的那个孩子，她见到的时候他还小，正患着可怕的肺炎，后来她就再也没见过了。即使现在有了治疗肺炎的方法，能不能治好也没法确定。上帝之道并非常人能理解的。

老妇人的生活充满不幸，对她来说，最近的一次似乎总是最难以承受的。她能以真正的天赋嗅出厄运的存在，并接纳它们。算上她兄弟姐妹的孩子和通过婚姻组成的家庭，她有个大家族。其中总有一个死产儿、一个长大后偏离正轨的儿子，或者一个未婚生子的女儿。她总是以一种神奇的方式立刻意识到厄运的到来，每一次，厄运都让她深受折磨，同样沉重而难以释怀。唉，我们得经历些什么呀——幸好父亲已经不在人世了！她能忍受的东西真是不可思议。通过与推销员以及住在同一栋楼里的居民聊天，她了解到邻居的悲伤和她周围的其他苦难，这同样给她带来沉重而痛苦的打击。但最终一切都融合在一起，在内心深处，当妹妹在崩溃中完全失去与他人交流的能力时，她的感受并不比听说一个（从未见过的）女性亲戚的孩子撞坏自行车并摔断腿更糟糕。

钥匙插进锁里的时候，她把手放在胸口，仿佛在等待一位近亲的死讯。噢，亲爱的上帝，她喃喃自语，迈着轻快的小碎步，重心在两条短腿间颠簸，去厨房关掉茶壶，茶壶一小时前就被放在煤气灶上，几乎已经烧干了。厨房里满是蒸汽。她轻声呻吟，仿佛厨房起了火，她提起裙子，爬上厨房的一把椅子，然后将扫帚柄伸到台面上方，推开窗户，尽管她知道自己没法拉上窗户的插销，而且她已经这样打碎了好几块窗玻璃——

他跟在她身后，走进等待着他们的昏暗房间，她那清澈而平静的眼神拂去了所有恐怖和忧郁。他们注意到，这里除了一个漂亮的橄榄绿转角沙发和一张雕刻精美的缝纫桌外，全是旧破烂。她想，如果我们结婚了，天晓得她会不会扔掉这些破烂。像她这样的老妇人要这些家具做什么？

突然，他母亲像一股冷风向她袭来。她以令人尴尬的热情拉她坐下，在她的两颊各湿湿地吻了一下。"你好，欢迎你来。在这里不要拘束。"但她的声音痛苦而悲伤，仿佛她已经预见到，这个女人不仅会在接下来的几个小时里痛苦不堪，她的来访甚至可能引起新的问题，会带来难以预料的后果。

年轻女人平时很少感到局促，此刻，她站在那里俯视着小老太太，对方褐色的目光就像一只没有翅膀的昆虫，自下而上慢慢爬过她年轻的身体，在此过程中微微带走了一些她的青春活力，直到两双眼睛相遇，让年轻女人产生一种模糊、难以抗拒的不安，而一次试图微笑的奇怪尝试，化解了母亲那沉重、多变的表情。"好的，好的，"她叹了口气，"我们还是别客气了。快坐下吧，我去泡茶。"（然而毫无疑问，在茶泡好之前我们就先死了。）

她背对着钢琴坐在琴凳上，而阿斯格鼓励地向她点点头。他在靠窗的摇椅上坐下。那个老妇人是他母亲；她曾给他喂过奶。实际上她年轻过，虽然这根本无法想象。他有一双蓝色的眼睛，嘴角总带着一丝微笑，她爱他。他一点也不像那个悲伤的老妇人，一点也不。他小时候曾在这些家具上爬来爬去。他对这里的事物的看法和她完全不同。自然如此。窗户之间的墙上挂着一幅他孩童时期的画像。她指着它。

"你小时候好可爱。"

"我长得像我父亲，"他说，瞥了一眼桌子上方那幅被花朵环绕的画像，"你不觉得吗？"

她站起身来，仔细打量着那个男人明亮而友好的眼睛，这让她心情又好起来了，因为他确实很像他父亲。她走到阿斯格身边，用手指拨弄着他浓密的棕色头发。她很难和他分开太久。

"你母亲总是这么——这么悲伤吗？"她小心翼翼地问。

他想了想，然后解释说：

"她来自另一个时代。你要知道，她几乎可以当我的祖母。我最大的哥哥将近五十岁了。"

他笑了，朝父亲的画像点点头：

"老头子仿佛还活着一样。"他说。

她也笑了，同时看向手表。太阳出来了。就在窗外。它的光线似乎是怀着最好的意图照到窗户上的，可随后又不得不放弃，徒然地从墙上滑走，回到空中。但也许早晨阳光会照进来。

一个老人的孩子，她突然想到，正如她记起的某首诗中的一句：*生于疲惫之欲*。她被自己的想法吓了一跳，不禁走过去跪在他面前，把他的头捧在自己手里，观察他美丽的嘴，他那流露出冷漠神情的疲惫眼睛，他那双永远停不下来，总是摆弄着烟斗或香烟，或是在口袋里翻找烟草或零钱的纤细的手。他是那么健忘，举止总有点犹豫不决，如同一个从来无法把所有感官都集中在他实际所处之地的人。

他没有吻她。他紧张地瞥了一眼门口。

"当心，"他急忙说，"她来了。"

他跳起来，从母亲手中接过托盘。托盘又大又重，她能端着它走这么远，真是个奇迹。

年轻女人跟着起身，脸上微红，开始摆放杯子，他母亲则坐下，从劳累中慢慢恢复过来。

"阿斯格，"她抱怨着，"你能帮我把厨房窗户的插销拉上吗？"

离开房间时，他明显感觉到背后有人注视着自己。她突然感到心中涌起一股柔情，因为他那迷人的笨拙、他梦幻的理想主义人生观，以及他能从最微不足道的事物中体会到快乐的惊人能力；还有他微笑时眼角的皱纹，这显然遗传自他父亲，因为他母亲似乎不会笑——我是说，她这辈子有笑过吗？

她不自在地对老妇人微笑，对方悲伤地缓缓朝她点头。"好吧，但愿这次能够圆满。"老妇人喃喃地说。

"是的。"年轻女人轻声接话，一道阴影掠过她敏感的心灵。从她对面那双充满痛苦的眼睛里反射出的影像，抵达她自己开放且充满疑问的目光，一粒无形的尘埃落在对方脸上，仿佛有那么一刻，老妇人已经和一大堆沉默的照片融为一体，这些照片在家具和窗台上度过它们昏暗的生活，似乎没有花儿能在此茁壮生长。

阿斯格回来时，他母亲倒了茶。她的指甲很脏，他的也是。但就他而言，这是因为他总在摆弄他的烟斗，或者可能是记性不好——不管怎样，这都无关紧要。但一个老妇人，她想，至少应该把自己收拾干净。

他们三个围坐在大圆桌边，彼此之间距离很

远，甚至得站起来才能够到桌上的饼干盘或精致的蓝色糖碗。年轻女人光着腿，即便在夏天也有点冷，而且与老妇人的吉卜赛深棕色皮肤比起来，显得格外苍白。阿斯格拿了两块糖，虽然它们早已溶解，他还是不停地在杯子里搅拌。倘若要对他说点什么，必须跟他说好几次，才能让他把目光从远处移开，直直地望向对他说话的人。"对不起，你刚问了什么？"她觉得这很可爱，于是开玩笑似的在他面前挥手，就像一个人检查另一个人是否清醒一样；然而，即使这样也并不总能让他回过神来。从什么地方回来？

看望母亲让他觉得无聊。这很自然。也让他伤感。她用低沉、单调的声音讲述自己最近遇到的厄运：前几天从厨房楼梯上摔下来的小女孩，以及她再也无法与人交流的妹妹。"不过她没有疯，因为她显然认得出我。但身处那么可怕的地方，肯定会让她更痛苦！"

阿斯格温和地笑笑。

"阿格尼丝小姨一直有点怪怪的。"他说。

他胃口不错，年轻女人却坐在那里痛苦地喝茶。她觉得恶心。她有时会这样，比如闻到医院的气味时。她向阿斯格要了一支烟，像吸新鲜空气一样急切地把烟吸进肺里。

"噢，你也抽烟。"他母亲惊恐地说道。突然，年轻女人用冷酷的目光看着她，心想：你不会把他从我身边夺走的——这个想法让她惊讶，因为世界上当然没有什么能阻止她爱阿斯格，也没有什么能让他背弃她。

照片凝视着房间。其中，有身穿高领衣服、留着大胡子的男人，已经泛黄且有些褪色了；还有孩童的现代艺术照，点缀着明暗对比效果。他们有或深或浅的眼睛，严肃或微笑的面孔，有些人和阿斯格的母亲一样，表情阴郁、凝重，其他人则双眼空洞无神，仿佛从坟墓的另一边观察着他们曾经触摸和坐过的家具。不久，她便会成为他们中的一员，认识他们，与他们为伴。而她的孩子也将永远属于这一血统，并在某些方面和他们相似。

他母亲站起来，开始介绍自己的家人，包括

死者和生者。漂亮的缝纫桌上放着她三个儿媳的照片，她们面带微笑，与其他人稍稍分开，仿佛在躲避余下那些落满灰尘的人。其中一位有一张和善的圆脸，戴着眼镜。她们也许经常在星期天跟丈夫和孩子来看望她。她们熟悉这张圆桌，熟悉老妇人的吻和抱怨；也许她们还会嘲笑她，回想起第一次来这里的情景，那时她吓坏了她们，她们当时那么年轻，还在恋爱。也许缝纫桌上还能塞进一张照片，钢琴上也可以再放点孙子、孙女的。

阿斯格坐在摇椅上填满烟斗，他母亲则忙着给他们展示照片。他或许正不耐烦地等着离开，但仍像人们对待父母那样，控制着自己的情绪。"我是她最后一个孩子，你知道，"他曾说，"所以她至今还把我当成小孩。"

"接下来是阿格妮特姨妈，她去年去世了。她临终前受了很多苦——这是我的大儿子，他在霍尔斯特布罗当医生。"医生的嘴唇没有清晰的轮廓，软塌塌的，眼睛惨白，在照片中显得没有任何情绪。他长得像他母亲还是他父亲？下一个是一所社区大学的老师，毫无疑问像他母亲，但更优雅、忧郁、疲惫。他褐色的眼睛疑惑地盯着年轻女人。

"他和阿斯格长得不像。"她说，难以置信地庆幸他不像阿斯格，却不知道为什么。

她端详着自己心爱的男人。他双脚交叉搁在桌上，脚旁是他三个嫂子的照片。他正在看报纸，蓝色的烟雾从报纸后面升起。他的下巴聚成一个尖，随后与脖子会合，这是个性和坚定的标志。没错，他的下巴确实——

展示的照片没有尽头。外面阳光正烈。她打算向阿斯格提议，过会儿一起去树林里散散步，他们可以躺在他的夹克上，抬头看那片美丽、明亮的绿色，直到黄昏的凉意迫使他们靠近，他会用自己健康、年轻的身体温暖她，赶走她内心莫名的不安，并向她保证再也不会带她来看望他母亲，或者至少只在生日和类似的场合，其他人也在的时候才来。他其实可以过来解救她的，而不是只坐在那里逃避。突然间，她感到很恼火，他无论到哪儿总是让自己舒舒服服的样子，并不是因为他喜欢待在那

里，而是因为他性格中有一种别的东西，一种谁也
看不透，却总是伴随着他的东西。起初，她以为只
有在她面前，他才会难以抽身，但即使他们去看电
影，他也很不情愿在电影结束后起身离开。他自己
也知道这一点。他说这是一种惯性。

"这就是我之前提到过的阿格尼丝小姨。这张
照片是在她第一次入院前拍的。"

年轻女人的视线从他母亲身上转向照片，很快
又移了回来。她看不出两人之间的区别。

"她长得太像您了。"她喊道。

老妇人严肃地点点头。

"我们现在确实很相像，无论是精神上还是外
貌上，但并非一直如此。"

她晃晃悠悠地走到书桌前，从抽屉里捞出一
张年轻女孩褪色的老照片，女孩非常漂亮，金色的
头发高高盘起，裸露的脖子上系着一条窄窄的天鹅
绒丝带。她的额头又高又宽，褐色的眼睛微微斜
视，嘴角露出一丝神秘的微笑。

"这是阿格尼丝二十二岁的时候。"

年轻女人迟疑地将照片拿在手里盯着看。随后她自言自语道：

"真不可思议，她长得像——我是说，她长得好像——"

接着，一阵寒意突然爬上她的双腿，两个女人都瞥了一眼正在清理烟斗的阿斯格，他对两人的目光和谈话浑然不觉。老妇人点点头。"我知道，嘴有点像。"她说，语气隐约有些得意，又或者只是所有父母看见自己的特征遗传给孩子时的那种满足感。她目不转睛地看着年轻女人，稍微大声地重复了一遍："嘴巴确实有惊人的相似之处。"

而他的爱人对此无法理解，也不知道为什么这会让自己如此不安。她甚至不确定这种相似性是不是她不安的原因，也不知道她离开这个房间和这里的气氛后，它是否还会影响到她。然而，当她承认照片中的年轻女子——后来疯了的那个——确实有一张小巧、无力的嘴，而且笑起来时嘴角的细纹一直延伸到脸颊，就跟阿斯格一样时，一种她从未经历过的焦虑无情地笼罩着她，宛如一件斗篷。

他们走到街上后，他深吸了一口气。

"所以，很糟糕吗？"他温柔地揶揄道，见她没有回答，又补充了一句，"我们必须挺过来——你现在想做什么？去树林是不是太晚了？"

他心情好极了。他已经熬过了不愉快的事情。但年轻女人怀疑地看着他，眼里含着泪水，因为她曾经爱过的那张嘴，现在对她来说已经不复以往。到此为止了，就是这样。

随后她说："你知道吗，我觉得有点累了。我还是回家吧。"她必须赶在眼泪流下来之前回到家里，一个人待着——她的眼泪是为某些东西而流，它或许还没有完全破碎，可永远也不会和之前一样了。

楼上，他母亲站在窗帘后面看着他们，一动不动，不会被人看到。她的黑眼睛里充满感情。她手里还拿着她生病的妹妹的照片。

夜后 [1]

母亲在脸上搽粉，把那顶白色的天使假发拉到额头上方时，格蕾特为她举着镜子。

格蕾特跪在椅子上，从桌子的另一边探过身子，在镜子后面瞪着眼睛看，嘴巴张得大大的，圆圆的眼睛兴奋得发亮。

"看起来太棒啦。"她说。

母亲紧张地小声说："嘘，你会吵醒爸爸的。"她一边皱着额头，一边用又粗又油的眉笔画眉毛。随后她转过头来，朝镜子里看了看眉毛应该画到离太阳穴多近的位置。在白色假发的衬托下，她的皮肤看起来呈咖啡色。格蕾特伸出手。

"我能摸摸吗?"她小声问。

1　应该是指涉莫扎特歌剧《魔笛》中的夜后。

"帮我举着镜子。"

格蕾特把手缩回来。

"嗷。"她惊叫一声。

白色的人造头发弄疼了她的指尖。

父亲在她身后的沙发上动了动，两个人都僵住了，直到他再次安静下来。

格蕾特坐上桌子，因为靠在桌边硌得她肚子疼。她旁边放着一支橙色的口红，用来搭配白色假发，还有一小盒黑色眼影，中间被口水蘸湿了。黑色、红色、白色和银色。母亲一动，衣服便会发出动听的沙沙声，她身上的气味也很好闻。父亲躺在格蕾特身后睡觉。他要上夜班，而母亲必须确保自己一大早就赶回家，在他下班之前。狂欢节可能会持续一整晚，但男人永远无法理解这件事。男人不去狂欢节。杂志上有些男人的照片，她母亲正是在其中找到了她要穿的服装样式，但那些男人看起来挺傻。男人们去上班，回到家就睡觉。狂欢节属于女士们。

格蕾特庆幸自己不是男孩。

她终于可以放下那面沉甸甸的镜子，欣赏母亲的装扮了。母亲正站在餐具柜前，双手提着那件黑色的塔勒坦薄纱礼服，想看看裙子能不能从头上脱掉。格蕾特见母亲这么漂亮，不禁脸红了。母亲的脖子和肩膀裸露着，其余部分是用十一码[1]塔勒坦薄纱做成的大蓬裙，每码一克朗（但她们跟父亲说只花了一半的钱），周身点缀着微微闪烁的银色亮片。每一片亮片都是手工缝制的，光从天花板上没有灯罩的灯泡洒下，母亲转身时，亮片闪闪发光——在朴素的客厅里，她动作轻缓，窸窣作响，散发着香气，看上去那么不真实。

她对女儿笑了笑，小心翼翼，不想弄花妆容。

"我看起来漂亮吗?"她问。

格蕾特急忙点头。

这套服装叫"夜后"，是整本杂志里最好看的一套。去年，她母亲是"十九世纪初的马车大"，穿了蓝色和金色的缎子，配一顶硬纸板做的黑色高帽，还穿了男孩的齐膝裤。那套衣服的布料只花了

1　1 码约合 0.9 米。

两克朗，但她父亲像往常一样，还得算一算用这些钱可以买多少袋燕麦片或几磅胡萝卜。真是胡扯。反正他们不缺燕麦片和胡萝卜吃，母亲也没有多少享受生活的机会，而且他失业半年又不是她的错，她还要出去给别人打扫卫生来赚钱呢。

格蕾特完全相信，如果父亲不在，她们俩会过得更好，因为他是唯一让母亲心情不好的人——除了大楼里其他主妇说她母亲闲话的时候。她们很容易胡乱评判。母亲说她们嫉妒自己，因为她还年轻，不会因为有个不喜欢跳舞的丈夫就放弃各种乐趣。等格蕾特满十四岁，母亲就会带她去参加狂欢节。还得再等四年。那时她将成为"夜后"，脸颊上点一颗美人痣，头发洁白，柔顺如丝。也许还会拿一把黑色的扇子。格蕾特走遍了整条街去找那样一把扇子，但狂欢节商店里都只剩下彩色的了。杂志上说，这把扇子是"卡门"专属的，但母亲喜欢给她的装束加上配饰。今晚，她只能用一个黑色丝质小包凑合了，那是从她工作的地方弄来的，当然还有半张面具，嘴上饰有流苏。

父亲睁开了眼睛。他其实根本没有睡觉，因为他醒来时通常都会弄出很大动静。母女俩注意到，他躺在那里盯着她们，母亲的笑容消失了，格蕾特则坐下来，开始转动手指上的一枚玩具戒指。她的心在胸腔里怦怦直跳。

"瞧啊，"他用沙哑的声音说，"你看起来就像个圣诞装饰。大家会笑话你的，你个老稻草人。"

格蕾特觉得后背很疼，仿佛有人打了她似的。她的视线因为对父亲的憎恨而变得模糊。她把戒指的金属装饰往食指上按，留下一个白色的印记，接着慢慢变为红色。她不敢动，害怕母亲不能毫发无损地走出家门。她听到身后传来母亲的呼吸声。

父亲坐在沙发边上，用脚在沙发下寻找拖鞋。他脸上从鼻子到嘴巴的两条法令纹里积着一层污垢。他的目光没有从母亲身上移开。

"你明天就该这样去上班，"他嘲弄地说，"如果能找到一个癫到愿意给你付车费的人，兴许你还能打车去呢。"

母亲没有答话。格蕾特听见她走到门口，穿

上外套。面具还在桌上，但格蕾特不敢拿去给她，怕引起父亲的注意。要是他能从脚手架上掉下来摔死——或者淹死——在泥灰坑里，一切都会好起来的。

眼泪滴落在没铺桌布、污迹斑斑的桌面上。格蕾特咬着自己的指关节，试着想象狂欢节的情景。想象"夜后"在一束光中，其他丘比特、舞者和卡门像优雅的影子一样围着她。闪闪发光的镶木地板和小提琴忧郁的颤动。"夜后"带着温柔而恍惚的眼神，梦幻般地飘过地板。亮片如月光般在她身后洒落。她拉着格蕾特的手，领着她走进光里——

前门砰地关上了，脚步快速走下楼梯。

格蕾特小心翼翼地转过头，看到父亲坐在沙发上，眼神空洞地盯着房间。她站起来，开始清理母亲留下的东西。已经没什么好怕的了。和父亲单独在一起的时候，她从来就没什么好怕的。有时他也想逗她开心，然而，他当然对服装、口红和跳舞一无所知。他想让她读《格林童话》，但那些故事太无聊了，只适合小孩子读。她更喜欢《家庭杂志》上的连载小说。故事讲的是一个年轻女孩，她不知道那些年轻男人是不是因为她的钱才被她吸引。其中一个男人显然给她的食物下了毒，但后续得在下一期中解释。她母亲也读了。这和精灵、巨魔的故事完全不同，因为它们根本不存在！

格蕾特躲在镜子后面，让橙色的口红划过自己的嘴唇，她扬起眉毛，微微歪着头，对着镜子里的映象腼腆地笑笑。她摆弄着自己的头发，好奇如果烫一下会是什么样。母亲答应过她，下个月的第一天就会带她去烫头发，那时她会加薪，但千万不能让父亲知道。想到这里，她用手捂住嘴，咯咯笑起来。她斜眼看了父亲一眼。他还坐在之前的位置，身体前倾，两只大手紧握在一起，仿佛在向自己致意。

格蕾特从椅子上站起来，走到他身边。

"爸爸。"她迟疑地说。

他奇怪地看着她。就好像他不记得她是谁一样。他的眼神有点悲伤。但他明明可以不再对母亲那么刻薄。不要说她是个老稻草人!

他的眼神让她心里一紧。她转过身去，开始捡地板上的碎布和亮片。她拿起其中一片。只是一片弯曲的金属。

父亲站起来，看了看钟。他清了清嗓子。

"好了，我想我该走了。"他用完全正常的声音说。格蕾特稍微松了口气，后悔刚才咒他死在泥灰坑里。可他为什么总让她们害怕呢? 你不能问他任何事情，也不能像跟母亲说话那样和他交谈，母亲什么事都告诉格蕾特。

他开始穿靴子。

"你一个人睡不害怕吗?"他问，用的是他想对她好一点时，那种奇怪又羞涩的声音，尽管他正在生她母亲的气。

格蕾特把头发往后一将，勇敢地对他笑了笑。她还是有点害怕的，哪怕她知道这样想很傻。

"不怕，"她勇敢地说，"睡着之后就不会害怕了。"

父亲沙哑地笑了，某种明亮的东西在格蕾特

心中涌起：想象一下，如果他总是这么和蔼可亲、心情舒畅，该有多好啊。

接着，他将包好的三明治放进口袋，笨拙地抚摸女孩的头发。

"你长大后想做什么？"他问。

"夜后。"她激动地喊道，可当她看到父亲的表情变化时，她低下头，仿佛被打了一巴掌。不过他并没有打她，只是没说再见就转身走出了门。

她站在原地，茫然地盯着关上的门。她觉得冷，便走去查看温热的炉子。炉子前面有一堆早上留下的灰烬。她也许该上床睡觉了，但她还有很多事要做。父亲为什么突然那么生气？希望母亲能早点回家。

她弯下腰，用一只手把碎布料拢成一堆。她可以去厨房拿把扫帚清扫干净，但独自在家时，她从来不喜欢发出声音。她将那堆东西扔进灰烬中，然后蹲下来看着。她伸出一只手，捡起一绺从假发上剪下来的鬈发，夹在手指间。它像荨麻一样刺痛了她的手指，可她抓得更紧了。

这一定是用玻璃做的，她想，感觉有什么温暖的东西顺着脸颊流下来。为这样的事掉眼泪有点傻。

　　她早就知道这会很痛。

居民区的一个清晨

那是秋天，但小女孩坚持认为是冬天，因为她觉得冷，而且第一次穿上了她新的棕色冬季外套。一大早，她就被汉森叫醒了，尽管她哥哥还在睡觉。空气中有种不寻常的、令人兴奋的气氛，可她太困了，不记得当时等待着自己的是什么。

汉森的声音奇怪地含糊不清，她抚摸着每一件衣服，仿佛它们是有生命的，然后才给女孩穿上。女孩专注起来，仔细看着这个她短暂的一生中一直认识的人。"你为什么在哭？"她惊讶地问。但这让汉森心烦意乱，她嘟囔着说自己感冒了，所以红了眼睛。她才没有哭。

女孩突然意识到今天是什么日子，她圆圆的小脸上绽出笑容，开始喋喋不休地说："汉森，我要和爸爸去旅行，你知道的，对吧？我能和奥勒道别吗？爸爸妈妈起床了吗？"可汉森只是嘘了她一声，温柔地斥责说："不要吵醒奥勒。爸爸起床了，妈妈还在睡觉。"

接着，她把女孩从黑暗、温暖的儿童房领出来，房间里的空气因为小孩子的睡眠而变得香甜、浓稠。

女孩穿着生日裙，她想在镜子里看看自己的样子。保姆把她抱起来。"看，你才是要和爸爸一起出去玩的人，"她说，"你肯定知道，奥勒去不了不会开心的。"在那平滑、干净的镜子里，两只好奇而兴奋的眼睛盯着孩子自己的眼睛，但眼睛后面是一张大人潮湿、苍白的脸，小女孩突然搂住保姆的脖子。"我什么时候能回家？"她问。她的声音里突然带着一丝焦急。汉森没有回答，而是小心翼翼地把她放回地板，用微微颤抖的手梳理女孩长长的金发。过了一小会儿，她终于用一种自认为能让人安心的语气说："不会太久的。"这时，她想起这家母亲的许多规定。其中一条是：永远要告诉孩子真相。在那一刻，她宁愿被活活剥皮也不愿说出真相。愤怒的浪潮席卷过她，冲向她所爱的孩子的母亲，和她以前认识的所有孩子相比，这是她最爱的一个。他们分享着两个孩子，仿佛孩子只是家具，她听到楼上传来父亲沉重的脚步声，心想：那个可怜的男人，她正在摧毁他的世界。保姆忘记了妻子生病，孩子不得不远离她时，自己对她默默怀有的温柔；她痊愈了之后，早上洗澡时会唱歌，无忧无虑，充满青春活力；也忘记了这一切背后的秘密。那种人，她模糊地想，但没往下继续，否则悲伤会再次突袭自己。她的眼泪无声地落在女孩的头发上，头发像光晕一样在她那可爱的小脸周围闪烁。

父亲走下楼梯，她一眼就看出他没有睡够。他眼睛下面有黑眼圈，年轻的保姆不敢与他对视。她走进厨房去煮咖啡，女孩跑向父亲，父亲将她抱起来搂在怀里，试图挤出微笑。"基尔斯滕，你要和爸爸去旅行吗？"她就像一颗快乐的球，充满活力，从父亲身上跳下来，然后开始跑上楼，因为如果没有母亲参与，一切都不算美好。她父亲试图拦住她，像汉森一样轻声说："妈咪还在睡觉。"他站在楼梯脚下，困惑地把手指插进头发里，这时女孩跑进了母亲的卧室，房间里散发着令人宽慰的香水味、夜晚和母亲的气息。当小女孩爬到温暖且让人心安的身体旁边时，她的脸被打湿了，那种微妙而模糊的焦虑片刻间又重新闪现。她说："妈咪，你为什么在哭？我会回来的。"母亲没有回答，只是把小女孩拉近了一些。她们就这样静静地躺在一起，孩子既困惑又不耐烦，母亲则因为悲伤和羞愧而心烦意乱，整个身体像暴风雨中的小树一样颤抖。颤抖，但躺着不动。她与孩子之间有一个看不见的存在，一种无情的力量。再过几个小时，两条强壮的胳膊将会取代孩子温柔、纯洁的拥抱。爱人的声音会安慰、解释。院子里秋日的清新空气、芬芳的花朵，以及漫长的幸福时光会缓和这种失落，她知道，但这让她觉得软弱且容易犯错：亲爱的上帝，她祈祷着，让这次离别成为我生命中的最后一次吧。

那不安分的小身体挣脱了她的胳膊。孩子想

用自己的幸福裹住她，试着把母亲从床上拉起来，就像以前经常做的那样，这样一切都会好起来的。"快起来，妈咪，"她喊道，"你得去看那辆搬家车。你得向我们挥手告别。我会穿上我的新外套——现在是冬天啦，妈咪。你还记得冬天里，你和我、爸爸，还有奥勒一起去玩雪橇吗？"

母亲穿衣服的时候，她就待在楼上。咖啡的香气飘进卧室，随之而来的是一种躁动。女孩的哥哥醒了。很快他就会跑过来道早安，也可能会因为不能和爸爸一起出门而生气。爸爸在另一个城市找到了工作！孩子们甘愿被骗，以此来逃避他们不想听到的真相。

母亲在梳妆台前梳头时，小女孩冷酷地站在那里。很快，搬运工就会迈着沉重的步子进来，把他想带走的家具搬下去。她曾恳求他带走一切，或者留在这栋房子里，把她赶出去，只要她能留住两个孩子就好。父亲们长时间不见孩子，总会忘掉他们的。可她究竟知道什么呢？倘若她更有信心，便可以诉诸法律，因为法律很少会把孩子和母亲分开。然而她对任何事情都不确定了，也不习惯独自做出重大决定。两个不同的男人想让她做出这个牺牲。"你不能夺走他的一切。"她欠两个男人的。但没有人会牺牲一个孩子，对吧？可她就是这么做的。只有她。这是她的错，而最无辜的人会为此付出代价。在这个房间里，即便小女孩在她身边，她依然感到非常孤独。就连家具似乎也从她身边退开。她熟悉的一切都渐渐退回雾中。要是一切能回到从前就好了！然而，一切都不一样了。生活就是变化：激情，冷漠，死亡。她害怕她的孩子，害怕所有在楼下等着她的人：汉森小姐含泪、羞愧、不解的眼睛，奥勒的问题，还有她丈夫痛苦的脸。天哪，这个孩子！她要是再小一点或再大一点就好了。我们所爱之人，她想着，一边给她苍白的脸化上妆。我能说什么呢？我怎样才能阻止这一切？亲爱的，来帮帮我吧。也许等你来就已经太迟了。今天早上的痛苦将永远属于我，只属于我。哪怕我只是提起它，都会让你嫉妒。但我们都是孤独的。这些年来，我们三个成年人一起住在这房子里。我们爱孩子，他们也爱我们，现在我们却要对他们撒谎。一个男人的脚步和声音就能让我的心背离曾经给我宽慰的一切，我又怎么能过上高尚的生活呢？我为什么要结婚？我为什么要生孩子？没有什么比爱更无情的了。

在镜子里，她的目光与孩子敏锐的目光相遇，她对她微笑。女孩跳上母亲的大腿，将自己温暖的脸颊贴在母亲的脸颊上。"妈咪，今天你必须跟我们一起吃早餐，行吗？"她讨好地说，用的是一种最近常用的温柔、细小的声音——她想驱散大人之间的不悦时，就会这样说话。

她抱着女儿走到楼下，桌子已经为所有人摆好了。不然，两个孩子通常都自己吃饭。她丈夫坐在常坐的位置上，她立即得出了和保姆一样的结论：他昨晚没睡！她为他难过，就像我们为自己伤害过的人感到难过一样。他坐在那里，悲伤和伤痛像一件破旧的夹克包裹着他，让每个人都看得到并为他遗憾。我带着牺牲来了，她想；为了承受这一切，她不得不把爱人的脸想象成一面隐形的盾牌，挡在自己面前。但那三双默默转向她的眼睛让她动摇了。她鄙视自己：难道生活的一切就像一出歌剧吗？她想唱：再见，再见，现在我要走了，我要带着别人走，而不是你。

她挑衅地在桌尾坐下，身子笔挺，勇敢地对两个孩子微笑。但她不敢看汉森小姐。她生气地想，她为什么要安排这场滑稽的闹剧？就差把桌上的蜡烛点燃了。正如她预料的那样，儿子还没睡醒，脾气暴躁。她突然冷冷地看了他一眼，仿佛他跟自己没有任何关系。她将椅子推到女儿身下，把围兜系到她脖子上。有那么一瞬间，她觉得这一切就像美国电影中一个冗长而感伤的场景，设置得如此可悲，人们看了只会大笑：可爱的孩子、受委屈的父亲、忠诚的女佣，还有轻浮的母亲。这些人和她有什么关系？他们为什么要利用她对这个孩子的爱？对她而言，只有一个人是真正重要的，他却不在这里。可她的表情里弥漫着他的影子，就像抵御某种可怕事物的脆弱防线。在他身后：数百万不幸的孩子、无数忠诚的管家和数不清的情人、被抛弃的丈夫、不忠的丈夫、遭到背叛的轻浮女人、各种各样的人、各种各样的生活，都同样孤独。而在这一切之上：某部法律、战争、沉重的苦难、谋生、对报纸上醒目头条新闻的恐惧、紧张的世界，以及耐心到无可救药的平和。一条鞭子举在我们所有人之上，它会抽向哪里，抽在谁身上？

她默默地吃着鸡蛋，让保姆照顾着两个孩子。她仍然没有与丈夫对视。你必须行动起来，她的爱人说过。时间是关键。如果你一直软弱和屈服，生活将与你擦肩而过。试着从更宽泛的角度看问题。

然而，搬家车很快就会抵达，他们要把搬家变成给女孩举办的庆祝活动。他们在这一点上达成了一致。她回过神来，正要说些什么，这时，即将满八岁的奥勒突然奇怪地环顾在座的每个人，问："那基尔斯滕什么时候回家？"

没人能给出答案。小女孩一出门，她就得跟他解释发生了什么。他已经长大了，能够理解了，重要的是，他也相信有令人兴奋的新事物在等着自己。

她突然觉得好累，她恨那个大声抽泣的保姆，恨他们所有人，因为他们都不理解她；她最恨她自己，因为她不知道自己做的是不是正确的事。她突然有种强烈的欲望，想在爱人的怀里哭泣。她的眼泪流不出来，在她干涩的眼睛后面灼烧着。一个五岁的孩子怎么能理解这些？她什么时候会觉得遭到了背叛？真相又会如何被揭开？

红色的搬家车终于到了，喧闹而喜庆。两个孩子跑到街上去看那些工人，他们要搬走这么多东西。保姆起身跑回自己的房间。两人独处了片刻，他们彼此无话可说，但当他们的眼神终于相遇时，里面都透露着一种莫名的痛苦。他像个小男孩一样眨了几下眼睛，她从他的表情中看到了自己曾爱过的东西。

他不可能恨她。出于某种原因，他已经习惯了不去责备她的行为。他对自己的生活漠不关心，一心只想着他不愿意死。一个有孩子要照顾和保护的人，是不会死的。何况，只要她愿意，她偶尔也可以去看看女儿，而他也会想见他的儿子。然而此时此刻，他和她一样，对自己漠不关心。就好像他们只有这一个孩子。那时他让她怀了孕，而现在，他要把这个孩子带走了。她必须付出代价。但她很快就会忘记的。当一个女人恋爱时——

有二十分钟的时间，整座房子充满声响，工人们进进出出，接着，小女孩坐在司机旁边，穿着漂亮的棕色外套，金色的鬈发上戴着一顶天鹅绒帽子。她略显焦虑地看着母亲，最后一次搂住她，轻声安慰道："等夏天到了，我就会回来的，好吗？"

她母亲点点头，微笑着挥手，直到彻底看不见货车。随后，她脸上的笑容消失了，仿佛被一只手用力抹去了。她拉起男孩的手，慢慢走回房子。

好孩子

护林员的儿子正挤在面包店的其他顾客中间。他踮起脚尖，以便让别人能看见自己，同时留意着跟在他后面进来的人。他很着急。他总是这样。他需要给他的小弟弟买一瓶牛奶。他母亲突然不能再给弟弟喂奶，因为乳房里长了个肿块，而且她还发烧了。

他伸长脖子，想引起面包师的注意，面包师动作慢吞吞的。一个同学的母亲走进商店，他迅速摘下帽子，就像见到军官的新兵。"您好。"他说。

她面前抓着一只购物袋，从袋子里伸出的韭葱头挠着他的脖子。

"你好啊，约翰，恭喜你有了个新弟弟。感觉很棒吧?"

"是啊。"他说，脸涨得通红，努力表达着难以抑制的喜悦。

人们都转过身来盯着他。他真的开心吗？

"谁也没想到，是不是？"面包师微笑着对一位顾客说，"最后一刻才有了结果。"

随后他转向男孩。

"你今天需要什么？"

约翰把篮子举到柜台上，把他母亲写的便条递给他。"不然你会忘买一半东西。"她当时说。他从来没有忘记过什么，但她总是这样说。他从面包师手里接过装满的篮子，还有用便条包着的零钱。

"他是个可爱的小家伙吗？"面包师捋着胡子问道。

男孩点点头。"我想是的吧，"他说，"但他总是尖叫。"

大家都笑了，当你回答完"是"或"不是"之后还要接着说时，成年人总会这样笑。他匆匆走出店门的时候，觉得自己看到他们在互相对视、眨眼睛。

到了外面，寒气向他袭来，让他打了个喷嚏。树林在他面前像大山一样升起，而山脚下的房子就像一个小圆点。如果他跑过田野，十五分钟就能到家；从路上走的话，就要花半个小时。但天太亮了，他没法擅闯田野。

篮子很沉，于是他把篮子换到另一只胳膊上，继续半跑着。他想以闪电般的速度回家，给母亲一个惊喜，他总是这么做。但今天他想要更快，因为她病了，而他的小弟弟马上需要牛奶。汽车不停从他身边驶过，平常他都会注意车牌号，可今天因为下雪，他看不清楚。几个骑自行车的人戴着耳套，脸又湿又红，弯腰趴在车把上，费力地骑过。但他认得出那些顺风朝他而来的每个人。"嗨，约翰！"他们喊道。他热情地点头。没人能说他不礼貌。在跑腿、砍柴、洗尿布，以及一个人为了在这世上出人头地必须做的任何事情上，他都是整个地区最好的男孩。唯一不太顺利的是他的学业。他母亲说："别担心，只要你是个好孩子就够了。"母亲是那么亲切善良。他有点怕他的父亲，父亲也不太跟他说话。他父亲的声音又粗又硬，就像他把步枪从肩膀上甩下来，把一只死松鼠扔在厨房台面上时的那双手一样。松鼠是有害的动物，他每射杀一只就能从庄园主人那里得到一笔钱。它们冲上树干逃跑时，倒是看起来挺滑稽。约翰希望有一天能手捧一只活的松鼠。它们不必害怕他。他只碰过一次父亲的步枪，还记得他因此被打了屁股。"它可能会走火，"他母亲解释说，"打中你或者我们中的一个人。"如果打中他的弟弟可怎么办？谁知道会发生什么？那样的话，他的父母也许会后悔当初"收留了他"。

想到这里，他向前冲刺。他知道自己欠了人情，因为他不像小弟弟那样，正常地出生在父母身边，而是因为一种不可思议的运气和他们生活在一起。他是被领养的，他的亲生父母都是烂人，来自哥本哈根，他们甚至没有结婚。"上帝保佑你永远不会见到他们。"他母亲告诉他这件事的时候说。之后的一段时间里，他会盯着来访这个小镇的外地人，想象他们是从哥本哈根来接他走的。他会反抗，会大叫着找他母亲！对一个七岁的小孩来说，他也许个头不高，但很强壮。他能从井里打水，还可以同时提两桶水。弟弟也许永远也做不到。他还那么小。他躺在母亲的乳房旁，疯狂地吮吸，直到她因此生了病。有一天，约翰问他是否这样吃过奶，他母亲笑了。"不，你个小可怜，你是被奶瓶喂大的。"他想象自己或许是在奶瓶里造出来的，就像人们在瓶子里做小船一样，但现在他明白了这意味着什么。与众不同的感觉太奇怪了。他将一直与别人不一样，但都是好的方面。他跑得比班上任何一个男孩都快。

他的气息从嘴里呼出，就像父亲烟斗里冒出的烟。他抽抽鼻子，再次换了只胳膊提着篮子。他停下来用袖子擦净鼻子。现在，树林不再像一座山了，他能够看到烟囱里冒出的烟。他还能听到斧头劈砍的声音，那是他父亲在砍树。庄园主人亲自给"受害者"做好了标记。它们只是站在那儿，什么都不知道，直到感觉斧头砍在自己的树干上。在那之前，它们和其他树一样，以为自己会一直站在那里，随风飘荡，在春天发出新芽，在寒冷来临时凋零，让人们从远处就能看到树上可怜的松鼠。他为树难过，但母亲说树什么都感觉不到。小松鼠们也不知道自己必须被射杀，它们的心脏被子弹击中时，一点也不会感觉到痛。只有偷猎者很坏，因为他们经常射不准，让动物们躺在原地，直到他父亲发现它们。他父亲喜欢动物。他们有三条猎犬和一条小猎狐犬，不过，这条小猎狐犬很快就要被射杀了，因为它掉毛，而狗毛会让弟弟咳嗽。医生是这么说的。尽管如此，约翰还是很爱那条狗。

伴随婴儿到来的还有许多其他东西。半夜里，弟弟的哭喊会把他吵醒。即使约翰打破了自己从面包店或学校回家的纪录，有时他母亲也没能注意。他失望地向她指出这一点。"我今天只用了十分钟就回来了，妈咪——"她朝他的方向随意看了一眼，大声说："你真了不起。你是最棒的。没有你，我们该怎么办？"但这听着不再像以前那样重要了。

在最后一段路上，男孩下意识地放慢了速度。牛奶在瓶子里晃荡。"你都没法想象这小家伙能喝多少奶。"他母亲怀抱着小婴儿说。但他们（主要是他父亲）说"这孩子狼吞虎咽的样子，能把我们吃得连家都不剩"时，用的是另一种语气。那时他们指的是约翰。食物卡在他喉咙里，他的脸颊变得通红。母亲笑着拍拍他的头。"要是吃那么多能让他长高一点就好了。"她亲切地说。所以他父亲并没有什么恶意。但他还是有点难过！

他跳上路边的一个雪堆，从另一侧滑下去，然后找下一个雪堆。他被自己的小游戏逗乐了，甚至忘了在赶时间。他母亲因为婴儿生了病，躺在家里的床上，他父亲很快就会从树林里回来做晚饭，而约翰负责摆放餐具。和父亲单独吃饭感觉很奇怪。心情好的时候，他会逗一逗男孩。"门牙先生，"他会说，"今天过得怎么样?"约翰掉了两颗门牙，父亲坚持说它们不会再长出来了。"胡说，"母亲生气地说，"这孩子会当真的!"他亲爱的母亲——那么丰满，那么温暖，那么善良。

最后一小段路，他又开始跑了，跑过水泵，它看起来像是一位感冒的老人，周身盖着衣服，以防结冰；跑过一堆柴火，它们立在院子里，等着轮到自己被放进炉子。夏天的时候，他帮忙把柴火堆起来。他假装这些木头是士兵，他其实想把它们一列列竖起来，但这会占用太多空间。工作是他的游戏，游戏是他的工作。那时一切都很好，直到他弟弟出生。如今，湿尿布变成了他的海盗旗，可他不过是个疲惫的小海盗，有太多的敌人要对付。而弟弟是王子，有一天会继承一个王国。约翰是他的奴隶，他总会在困境中向约翰寻求建议。"问我的奴隶吧，"他会说，"是他把我带大的，所以他可以决定一切。"

约翰抬起门闩，走进厨房。接着，他把篮子放到炉子上，站在那里听着。除了他母亲的声音之外，客厅里还传来另一个声音。她们没听到他回来。他听出那是他们的邻居彼得森太太，她经常过来喝杯咖啡。

"所以，你终于做成这件事了，难道不觉得激动吗？"做成什么？偷听并不好，但这听起来很有意思。

"这么多年了，你还用问吗？"

"要是你们收留约翰的时候知道就好了！"这听起来像句抱怨。约翰听到自己的名字，顿时全身绷紧。

"啊，"他母亲犹豫地说，"我们从来没有为此后悔过。他是个很好很能干的孩子。"

"他确实帮了你们不少忙。"

她们语气里的某种东西让约翰内心深处隐隐作痛。

"是的，彼得森太太，不过这对他来说并不麻烦。他能帮到我们的时候最开心了。"此刻，他母亲听起来不太高兴，约翰想冲进去支援她。但他还想再听听表扬自己的话。

"这是当然，"另一个女人热情地说，"如果没有你们，天晓得这可怜的孩子会沦落到哪儿。你们做了件大好事。他挺感激你们吧？他知道这件事，对吗？"

"他当然很感激。"他母亲说。约翰感激地站在厨房门口，支援着她。"我们当然已经告诉他了。孩子迟早会发现这种事的，我丈夫也认为这样最好。"

他脱下连指手套，不再听下去。他的心怦怦直跳。他跑得还不够快；他还不够感激。他和其他孩子不一样。他是"被收留的"。一种歉疚感开始在他内心滋生，就像一种沉重而坚固的物质。他想在父亲回家之前把炉子点燃。他想为弟弟准备好奶瓶，并为母亲做一盘加糖的炒蛋。他想在今晚弟弟哭闹的时候就起床，这样母亲就可以继续睡觉了，他想——

"天哪，是你站在那儿吗，约翰？"

彼得森太太在头上绑好丝巾，面露疑色地盯着他。他听到什么了吗？她认定，他不如里面那个小家伙可爱。没人会真正喜欢他这样的孩子，可其他孩子在玩耍的时候，他确实像匹马一样整天干活。每个人都这么说过，仿佛他们觉得这件事不太对劲，但内心深处都觉得这没有任何问题。

男孩低下头，生怕她要拉自己的手。她的手软绵绵的，闻起来总像洗碗水或其他令人恶心的东西。它们让他想起厨房台面上，他父亲为了赚钱而杀死的那些动物——松鼠和田鼠，有时是一只小鹿，眼神温和而僵硬，腿伸出来，仿佛无法克服突然间一切都永远消失的恐慌。他母亲说，被枪杀就像睡着了一样，她自己也曾为这些小生灵难过。

彼得森太太离开了，男孩匆匆走进客厅。他母亲躺在沙发上，眼睛闭着，看上去很疲惫。婴儿睡在柴炉旁的摇篮里。

"我是不是很快?"他小心翼翼地问。

她慢慢睁开眼睛。

"噢，是你啊，"她说，"真是个好孩子。"然后她又睡着了。男孩听到父亲在外面脱下木底鞋的哐啷声，狗叫着冲向门口。

他站在那里，看着张嘴躺着的母亲。他想做得更好，跑得更快。他知道自己欠他们的，他用自己微薄的能力，以分期付款的形式一笔一笔还清了。我要是快点长大就好了，他想，房间里的温暖让他昏昏欲睡。他怯怯地从父亲身边的小门溜进厨房里。父亲没有跟他打招呼，也许根本没有注意到他。

"小家伙怎么样了?"他喊道。

"嘘,"他母亲轻声说,"他睡着了。"

这时,男孩开始点燃炉灶。冰冷的铁圈像火一样灼痛他麻木的手。

倔强的生命

　　候诊室里挤满了女人，她们都避免看向彼此。她们低头盯着满是灰尘的地板，盯着鞋尖，盯着已经分辨不出颜色的肮脏墙壁。（为什么这些医生明明赚着大钱，他们的办公室却总是这么破旧？也许他连白大褂都不穿，也许他的指甲很脏。）她们都很谨慎，穿着也很低调，她们可以溜到任何地方而不被人注意。也许她们也得到了和她一样的建议：他会根据你穿的衣服来要价。再说，别的女人也不关她的事。她就不能改掉关心周围所有人和事的习惯吗，哪怕就这一次？不行。她无法专注地思考当下情况的严重性。但真有那么严重吗？无论如何，她的情况并不比其他人更糟。这每一个女人背后都有一个男人的影子：一位疲惫的丈夫，为一群孩子操劳，他的收入无法承受再养一个孩子的压力；那个抹着发油的不忠小伙已经是过去式了，一次短暂而匆忙的幽会，与爱情没什么关系；一个被爱的学生，但他太年轻，此刻正在外面的人行道上踱步，在希望和恐惧之间徘徊；一个无忧无虑又肤浅的家伙，他"找到一个地方"，花钱把自己从陷人的困境中解脱出来；又或者是一个搬离了这座城市的人，把他的负担留在这里，像一件被遗忘的家具；无论如何，一个男人，一个陷阱，一次粗心大意的昂贵经验，也许是第一次——

不必急着进那扇关着的门，不时会有一个年轻女人从里面打开门，看都不看任何人，迅速离开凄凉的候诊室，不论有没有得到解脱，径直溜回不透明窗户另一侧嘈杂的下班车流中。

太安静了。艾丽斯想着本特。一想到要跟他生个孩子，她就觉得十分可笑，而瞒着他，也完全算不上勇敢。一个孩子？一个皱巴巴的小东西，穿着浅蓝色褶领衫，用婴儿无知而聪慧的目光注视着外面的世界。连接两个彼此相爱之人的纽带；可他们的爱无法承受这样的纽带。他们一开始就达成了共识。他妻子任他为所欲为，只要他能养活她和孩子，维持表面上的礼貌，让家庭生活得以运转——这令他不堪重负。为什么艾丽斯要来破坏这种平静呢？她冷静地看待自己和本特的关系。只有她让这段关系轻松而短暂，他才会充满爱意。就这样，她把这段关系延长到将近一年，他们没有发生任何意外，于是变得粗心大意了。这主要是她的错。一个人不会每次过马路都想着有摔断腿的危险。无论如何，她不会因为发生在自己身上的事去责怪别人。假如男人的身体要经历这些，她知道本特永远不会向她抱怨，正如他几乎不会向她抱怨他的婚姻有多乏味一样，当然，那绝不像他跟她描述的那样寡淡，尽管他说得很是委婉。他下班回家后，他们的孩子会跳起来迎接他，他把孩子抱起来搂在怀里，他们会一起玩。然后他吻吻妻子，对她漂亮的居家打扮、精心布置的餐桌、从厨房散发出的香味，以及他的书桌都很满意。只有这张桌子印刻着他杂乱无章的习惯和他头脑敏捷、清晰、冷静、理性的特点，这正是她爱他的原因。但一切都是她的猜测。他从没说过这些事，她也不好奇。她讨厌常见的说辞：我妻子不理解我之类的。她耐心地与这个她从未见过的陌生女人分享他。不要求太多，就会得到更多。只要她轻抚他的额头，他记忆中那些与自己无关的内容就会消失几个小时。她就这样留住了他的爱，而他没有伤害她们中的任何一个人。我们俩都没有，她在心里清晰地想道。出于某种原因，承认这一点很重要。

她不安地将目光转向那扇关着的门，感到有些沮丧。真是个讨厌的差事，她想。与谋杀或"母性的神圣"无关——从那些穿着得体白大褂、坐在得体桌子后面的守法医生那里，她听到过很多类似的话。她二十五岁，是自己身体的主人，不是因为法律这样规定（她根本不在乎法律），而是因为她想这样。对于浅蓝色的褶领衫和微笑时露出还没长牙的小嘴，她没有任何多愁善感的想法。世界上的婴儿已经够多了。这只小寄生虫带给她的只有恶心和不适，给曾经美好的一切蒙上了一层黏糊糊的灰色面纱：百叶窗下的第一缕晨光；她不得不把咖啡换成茶，茶对她来说也没那么好喝了；夜晚对本特揪心的渴望已经变成哈欠连连的倦意，很难隐藏太久。另外，最近他每周只来几次。这没什么。她不太喜欢和一个只想快活一阵，然后在她怀里入睡的男人在一起。她还记得，有一次他得了牙脓肿，脸颊都肿了起来，她焦虑不安，因为他们不能被人看到一起出去。肿起来的脸颊和他那英俊、轮廓分明的面庞并不相配，就像她隆起的肚子和让她引以为傲的沙漏形纤腰不相配一样。婚姻的一切压抑之处都必须排除在他们的关系之外。设想一下，她现在打电话给他，用妻子一般的声音含泪说：有些事我们现在一定得谈谈！这不是很好吗？无论结局好坏，她都不是最坚强的人。她不会因为这次意外而去试着说服他离开妻子和孩子。她害怕伤害任何人，并且根深蒂固地认为，爱情和婚姻几乎没有任何关系。

很快就要轮到她了；她在心里重复着自己的假名和"绝望的处境"。他会虚假地问："你为什么不能留下这个孩子?"走个过场而已。她已经无法忍受他了,就像你得仰仗一个陌生人的怜悯,却又忍不住厌恶对方。她自然应该——呃,她该怎么办呢?她了解自己。她不是个骄傲、英勇无畏的人物,可以成为"自力更生的单身母亲",不用顾及他人的偏见。也许她可以做到单身且自力更生,但不是作为母亲。无论如何也不是现在这样。是一个男人的负担和枷锁——一种义务!她一直想象着有一天,他们会不流泪水、不带遗憾地分手,说:感谢你陪我一起度过的时光。但这一天要晚点来,非常晚,越晚越好。没有他的夜晚?没有他一起分享的城市灯光和乐趣?

她穿着脏兮兮的棉外套,站了起来,感到恶心又惶恐——还有某种她叫不出名字的东西,独属于她的东西。可她不也曾留他一个人处理他的牙脓肿吗?热敷,同样的,还有怀孕,都属于婚姻;如果她无法享有婚姻的快乐,那她也不想被婚姻的困难纠缠。尽管本特从未提过,但她看得出他很喜欢他的孩子,他是个好父亲,好丈夫。这只是他与她无关的一面（但她肯定在帮忙维护）。带着一丝苦涩，她想着，与情人拥抱后再回到井井有条的家里，该有多幸福。

"下一位！"

她身形瘦长，姿态挺拔，眼下有黑眼圈。她不情愿地走进昏暗的房间。一颗本该理智而坚定的心，却因焦虑和反抗而剧烈跳动着。

他几乎没看她一眼。他坐在一张桌旁，一半身子处于阴影中，没有穿白大褂，正如她想象的那样。他懒洋洋地用手指了指一把空椅子。她嘴唇发干，有好几分钟他们谁也没说话。他一边盯着窗外，一边用铅笔敲着桌面。他的黑眉毛在眉心处连在一起，但艾丽斯只看到他的手，又大汗毛又重，那一刻，想到他会触碰自己，她就觉得可怕。

他思考一番后，突然扔下铅笔，转过身来面对她。他用力咬着下唇，终于开口问道：

"所以您怎么了？"

她用舌头舔湿嘴唇，清了清嗓子。

"我——要生孩子了，"她平静地说，还没多想又补充了一句，"这您很清楚。"

"我怎么会知道？"他问道，声音像一张刺耳的唱片。

无助的感觉涌上艾丽斯心头。有人告诉过她，她应该"小心行事"。来这儿之前，对她来说一切都是那么清晰，那么正确而自然；然而，就连这个男人的外貌和举止都让她感到羞耻，感到不洁、可怕。她回答的时候，什么也不明白，尤其不明白她自己：

"您不就是干这行的吗？"

她拒绝了这个男人伸出的救生索。她做了一件不可挽回的事，而且无法预料这么做的后果。她的理智抛弃了她。

对方一副茫然不解的表情。他没有看她，而是拿出一块脏兮兮的手帕，开始非常用力地擦拭眼镜。

"我一点也不明白您的意思。"他冷冷地说。

接着，这些话自己冒出来，仿佛它们一直在世界上的某个地方等着她，仿佛整个情况都是事先安排好的——也许从她出生起就已经安排好了——而且几乎无法改变，就像一厢情愿的想法无法改变明天的天气一样。

她在椅子上坐直身子，抚平衣服，盖住她扁平的肚子，这里很快就会无情地隆起来。

"我是说，"她平静地说，"这是我第一次，您知道的，而且——而且——我不用接受什么检查吗？"

他优雅地起身，人们很难想象他这样的身躯能够做到；在这间摆着轮床的小房间里，他从艾丽斯身边走过，她觉得他的动作带着一种滑稽的恼怒或不耐烦。

"如果您脱下衣服，我会给您做检查的。过来吧。"

她跟在他后面，双膝微微颤抖，腰板挺直，脸色苍白。她想，我得常常回忆起这一刻的胜利。

五分钟后，他们又面对面坐下。他透过眼镜斜眼看她，嘴角颤着一丝扭曲的微笑。她尽可能流露出轻蔑的表情，但就是无法让他的笑容消失。

随后他慢慢开口，还略带讽刺地朝她微微鞠了一躬：

"您怀孕大约三个月了——恭喜您，女士。"

接着，他们都站了起来，他伸出手。她孩子气地假装没看见，而是打开挎包，拿出钱包。"我该付您多少钱？"

"二十克朗，谢谢。"

她离开问诊室时，他为她打开门。

"下一位！"他喊道。

直到她走上街，人们在回家吃饭的路上不耐烦地撞着她，她才觉得自己又恢复了正常，她那受惊的灵魂像醉汉一样挣扎着寻求支持。她突然想到本特曾经说过：揭示性格的不是我们的言语，而是我们的行为，无论背后的逻辑如何。他的孩子长什么样？她以前从没这样想过。一种她从未体验过的痛苦钻进体内，灼烧着她。我们的行为——

她双手插在口袋里，闪亮的头发在风中飘动，慢慢地走回家，回到她那租来的孤独房间。

夜晚

汉娜才七岁，但她已经有了许多无形的焦虑。她总想去其他地方，只要不是她当时所在的地方就好。和专心玩耍的弟弟坐在儿童房里时，她会听着楼下父母的脚步声，并尽可能偷听他们奇怪的谈话。他们单独在一起时说话的方式，和有她在旁边听的时候不一样。她母亲的声音会变得轻柔，这让她自己心里感觉好坏参半——主要是坏——而她父亲几乎一直在嘲笑她母亲说的话。如果汉娜跳着或偷偷从楼梯下去，他们便会彻底安静下来。这时，她母亲也许会说："出去玩一会儿吧，亲爱的?"如果汉娜走到她身边，母亲不会把她抱在大腿上，也不会给她讲故事，而是变得有点僵硬，所以汉娜也几乎一动不动，感觉父亲的表情给她们俩都裹上了一件焦虑的黑色斗篷。然后她母亲看都不看她就说："回去继续和你弟弟玩，好不好？你爸爸累了。"但这根本不是真的，因为他可以直接上床睡觉，就像其他人累了时会做的那样，而且，甚至不是他自己说的这句话。他从来不会和汉娜说很多，即使说了，也只是问她二乘以二十等于多少，或者她是不是已经开始学习阅读了，不过他并不总会听她怎么回答。

尽管如此，他还是一个好父亲，因为他从来没有打过她，也没有大声吼过她。她知道他每天都去工作，挣钱给他们所有人买衣服和食物。如果他离开他们，那将是最可怕的事——有一天，汉娜和妈咪正玩得开心，她看到父亲穿过花园大门骑自行车回来，便突然说"噢，爸爸好笨"，母亲便跟她这样解释。

有那么多事情需要操心，需要提防。首先，她得看着她的小弟弟，他可能会被婴儿车的安全带勒死，也可能抓起几根火柴，把自己或整个房子点着。只有晚上睡觉的时候，汉娜才能从焦虑中解脱出来，才能放松，不是因为弟弟死了她自己会伤心，而是因为母亲会痛不欲生，会整日整日地哭，就像汉娜的亲生父亲离开她们时那样，一切都那么灰暗，直到有了新的父亲。

有客人来时，她母亲总会一边笑着，一边讲起汉娜跑到擦窗工人和她遇见的不同男人面前，问他们是否愿意娶她母亲的故事。汉娜不觉得好笑，因为如果家里没有爸爸，他们就会饿死的。她不想死，也不想晚上躺在地上，身上连毯子都没有。显然，人死后会变成天使，可以飞到上帝面前，但如果他送来你的翅膀时，已经太晚了怎么办，因为有太多人在那一刻死去，而他必须亲自照顾所有人，就像她母亲一样，因为他们现在没钱雇保姆。

弟弟正在睡觉，汉娜躺在床上，抠着床边蓝色栏杆上的油漆。在听到父母上床睡觉之前，她从来都不会睡着；有时，得一直等到他们在卧室里不再说话，确信他们睡着之后，她才会入睡，这样她就知道这一晚什么也不会改变。

他们还在楼下的客厅里说话。他们单独在一

起时那种悄然的说话声，夹杂着父亲的笑声和长时间的沉默，让她头疼，就像她弟弟一下子把所有积木都扔到地板上时那样。也许他们在亲吻对方，因为这是婚姻的一部分，但有孩子看着的时候他们不会这样做，因为这对孩子不好。"等我们独处的时候再说，"有一次她母亲说道，"让孩子看到了，是一种罪过。"亲吻为什么会是罪过？罪过与上帝和睡前祷告有关。

汉娜仰面躺下，双手交叠放在被子上。这时，上帝便会出现在房间里，但即便你打开灯，也看不到他。汉娜想象他长得像自己的亲生父亲，他是全世界最高大、最强壮的男人。她闭上眼睛，低声说着最美好的睡前祷告：

此刻我躺在床上

闭上眼睛，低下头

亲爱的主啊，求您以恩典俯视

我们租住的破地方。

随后她叹了口气，感到困倦而平静，直到她的思绪涌回来，就像饥饿的鸟儿回到春天的花床。

要是他们能快点上楼就好了。汉娜的眼睛开始刺痛。后天是星期天，她要去见生父和他的新妻子，她比母亲漂亮得多，但还是令人讨厌。上天知道她生父并不是真的爱他的新妻子，因为他们没有孩子，而人们只有在彼此非常相爱的情况下才会有孩子，就像她母亲爱她的新父亲，所以她才有了弟弟。但幸好那已经过去了，因为从那以后，再没有更多婴儿可能被安全带勒死或把房子点着。爱上一个人总是无法控制的。它像百日咳一样来了又去。但如果只有一方付出爱是没有用的，不过这是件好事，因为汉娜爱她的数学老师、她的亲生父亲，当然还有她的母亲。在这三个人中，她唯一确定的是，她亲生父亲也爱她。她不能嫁给父亲，因为他年纪大了，等她长大了，胸部发育后之类的，她也会到那个年龄，而在此之前人是不能结婚的。要是她和父亲的新婚妻子一样大就好了，她跟他们住在一起时，她应该叫她格蕾特妈妈。但他父亲只叫她格蕾特。天哪，格蕾特可真傻。而且她有那么多漂亮的衣服，比她母亲多得多。"别想那些，"她母亲说，"只有傻瓜才会成天想着打扮。"可她父亲明明很聪明，却喜欢和这样一个傻瓜亲吻，还对她那么好！哪怕她留着长长的鬈发，眼睛总是湿漉漉的，好像刚哭过似的。什么都能让她发笑，甚至是汉娜做错事的时候。上次她在那里时，格蕾特穿了一条丝质睡裙，里面什么也没穿，她在汉娜面前转过身来，说："你不觉得我很漂亮吗？"汉娜用她从学校新学的有限的几个词讲了个笑话："是的！从后面看，在黑暗中看，都很好看！"可后来她们笑得太厉害，汉娜最后哭了起来，像小婴儿一样躺在父亲的腿上让他安慰。她一直哭，哭到格蕾特妈妈都不笑了。然后她就感觉开心了。没错！

汉娜抽了抽鼻子，从枕头下拿出手帕。她擤了鼻子，接着揉了几下，她不该这么做的，因为她的鼻孔会变得又大又敞，雨水会直接流进去。"我不在乎。"她大声说，就像她让自己受伤却没有哭的时候那样。她对很多事都是这样的看法。对很多事情都可以说"我不在乎"。不必在乎格蕾特妈妈，不必在乎小弟弟会不会被勒死，不必在乎绝对不能离开他们的新父亲，不必在乎他是不是真的会离开，不必在乎他们能不能有新的——

她突然从床上坐起来，心怦怦直跳。客厅里有个新的声音。一个响亮的、快乐的、充满爱意的熟悉声音，无论你是否在客厅里，它听起来都一样。但这不可能。他为什么要来这里？她听着。真的是他。他是来撵走她的新父亲，和她母亲复婚的。格蕾特妈妈一定是去世了。母亲会得到她所有的漂亮衣服。她跳下床，套上睡衣，冲下楼梯。"爸爸！"她喊道，她眼里只有他，却被灯光照得睁不开眼。她径直奔向他高大的身躯，冲进他幸福、屏蔽一切的怀抱，让自己被他熟悉的气味和触感包裹。然后她眨眨眼睛，看着她的父母，他们在她的世界之外慢慢显形为两个僵硬而遥远的身影。

"你爸爸要你现在跟他一起走，"她母亲说，声音中略带陌生的颤抖，"上楼穿好衣服，汉娜，但小心别吵醒你弟弟。"

桌上放着三个咖啡杯，客厅似乎显得比平时小。

她父亲挺直身子，一只手仍旧放在女孩的脖子上。她把一根手指塞进他的一个扣眼里，转了一圈。她全身暖暖的，仿佛刚泡过澡。

"你不打算待在这里吗，爸爸？"她不安地小声问，抬头盯着他明亮的大眼睛。

这时，她的新父亲站了起来，用力把椅子推回原位。

"这事就不能等到明天吗？"他用尖细的声音问，"这么晚了，谁会把孩子从床上拖下来？"

她父亲没有回答，而是再次弯下腰将她拉近。"你不想跟格蕾特妈妈还有我一起去旅行吗？"他问，"她就在外面的车里。"

汉娜变得和她母亲一样僵硬。"她不是死了吗？"她问道，嘴里开始发干。

"汉娜，亲爱的，"她母亲说，"快别那么说。如果你不想去，可以不去。"她父亲突然松开了她，就像被烧伤了似的。有那么一瞬间，他独自站在那里，不知道如何安放自己的手和眼神。接着，她的新父亲拉起她的手，开始领她上楼，而他们身后的沉默，和他结实而陌生的抓握一样令人心痛。她不想在上床前哭。不，她不会哭的，她甚至不会上床睡觉。她要去旅行，而且一路都要坐在她父亲的腿上。

"放开我！"她喊道，将手从那个男人手里挣脱开来，跑回刺眼的灯光下，她母亲坐在那里，看上去很可怜，还有一位显得多余的父亲。某种无情的东西，一种全新的焦虑，阻止她去寻找她知道的最舒适的庇护所。她低着头站在父亲面前，父亲戴上了帽子，仿佛他在这里的任务已经完成。她觉得冷，耸了耸自己瘦弱的肩膀，使劲用脚趾抓地，无助而哀求地望向母亲，而她母亲正抬头望着楼梯上的那个男人，脸上带着焦急和恳求的表情，仿佛她说错了什么。

他迈着坚毅而从容的步伐走下楼梯。"我们现在把这事了结了，"他简短地说，"你到底去不去，汉娜？"

她低头看着父亲的脚。她的额头因困惑、羞

愧和反抗而发烫。她迈着艰难的步子向他走去，但他没有碰她。他的衣服散发着一股遥远、失落之物的气味。一路上，她可以背对着格蕾特妈妈，把鼻子埋进他身上的气味里，坐着睡觉。

"我——我想去。"她请求道，因为挫败而语气谦恭。

女孩上楼穿衣服时，三个人看着她孤独的小身影。他们谁也帮不了她，也不敢互相对视。

抑郁

露露把脏盘子撂到几乎滚烫的水里，欧芹枝叶、蔫掉的生菜叶和萝卜头从盘子上脱落，漂在水面上，成了一锅悲伤而油腻的炖菜。她看了看，犯起一阵恶心，过了一会儿才回过神来，将手伸进去拿出餐具。先是盘子，接着是刀叉和玻璃杯。她用了很多水。在她身后，带有凹痕的水壶已经烧干了，因为她总是忘记添水。

她听见客厅里传来喧闹声和笑声。这是个喜庆而成功的夜晚。她知道，在一片欢声笑语中，女主人却抽身去洗碗，气氛会变得有点低落。但她无法忍受早上醒来面对厨房乱糟糟的样子。凯自己去应付客人就好。她能在人群中听到他的声音，他语速很快，说话时紧张又兴奋。他像个疯子一样喝

116

酒、抽烟，忘了在她不在场时要招待客人。

如果他的抑郁能彻底消失就好了。从他们意识到她婚后第二次怀孕的那一刻起，他就一直陷在抑郁中。第一次抑郁持续到她怀孕五个月的时候。现在小本特才一岁半。这当然很不幸，但在她看来，这不是世界末日。对他来说更不是。最终，她成了那个不得不扛起大梁的人。可正如凯所说，她很健康，适应能力又强。恶心、疲惫，以及随之而来的一切，她知道很快就会结束。经济压力将不得不由凯（或者更准确地说，他的父母）来承担，与她的抱怨不同，孩子出生后，这种压力只会增加。

他将在一年后完成学业。可他已经三个月没学习了，只是整天躺在沙发上，不睡觉，什么都不做。如果她踮起脚尖走过客厅，他会用痛苦、不悦的眼神看她，这让她感到内疚，因为她不知道自己是该躺在他身边，抚摸他的额头，还是这样会打扰他。

他去看了精神分析师，但她觉得没用，反而花了一大笔钱；这个她从未见过的陌生人（他的精神分析师）让她充满怀疑和类似嫉妒的情绪。他曾建议凯去精神病院，但凯顾及他父母，不愿意去，他父母住在日德兰半岛的牧师寓所里，还在资助他们，他无论如何也不想让父母因为哥本哈根的坏消息而心烦。他是他们唯一的孩子，他们希望在儿子身上投资的结果是一位新晋的医生。

每次凯去做精神分析后，都对她和本特充满敌意，而且比平时更暴躁。假如她不了解情况，会以为他是去见了别的女人。有时她希望如此。至少那是可以理解的事情，一场有赢有输的战斗。而现在呢，就像某个看不见的强大敌人在消耗她的力量，但她不该有这种感觉。有时，凯想和她讨论这件事。他解释说："世界上得有一个人能完全理解我为什么会有这样的反应，这很重要。"

第一次抑郁期间，凯开始研究"心理机制"之类的东西；他开始好转后，就只和有类似追求的人来往了。他们当时在为一场考试复习（她不知道是什么课），或者已经考过试了。他们经常（不对，几乎只会）面带痛苦的表情谈起医生如何不信任他们，并要求凯发挥他的医学能力，"为他们的事业做点什么"。她隐约感到，那些人正在引诱他进入某种神秘之地，而她永远无法参与其中——根据他们的"教导"，她永远不可能理解他、帮助他，因为她和他的关系太近了。但当他的情绪发生变化，突然想要人陪在身边时，他就变得快乐而专注。"你真是太棒了，"他那时会说，"没有你，我要怎么熬过这一切？"

露露在厨房台面上坐了一会儿，疲惫地用手把前额上的头发往后捋。凯说话的声音从客厅传来："抑郁症和神经衰弱的本质区别……"

她跳下来，开始收拾东西，发出不必要的叮当声。他们总是那样说话。精神分析、压抑、催眠、抑郁、神经衰弱、躁狂症！有时，她真为自己无聊的灵魂内疚，觉得自己相当匮乏，在这个被围困的疯狂世界中，她能坚守那些构成他们存在的基础的东西，它们微不足道但很必要。可她正常到了不可救药的地步，虽然凯有时断言，她内心充满自己不愿承认的压抑和情结。"在当今这个世界，"他说，"一个人能保持自我，比他放弃还要奇怪。"他带着冷酷的疑问表情看她，仿佛她是一只在闷烧的废墟中玩耍的小猫。她想知道，如果有一天自己"放弃了"，他会怎么想？

露露脱下围裙，走进卫生间整理了一下仪容，然后才回到客人身边。天晓得他们能不能在午夜前离开。尽管有安眠药和镇静剂，凯还是睡得很差；不过，眼下他睡不着也没关系。他一大早就把她叫醒，天真、快乐、充满活力，深情地吻她，和本特一起玩耍，为未来制定最疯狂的计划。她已经听惯了这些计划，就跟听小孩兴奋而笨拙的咿咿呀呀一样。他们会有自己的房子，或是带有蓝色百叶窗和茅草屋顶的农场，至少有一只小狗——人们可以从动物身上学到很多东西：让自己患上神经衰弱、创造条件反射等。不管怎么说，他们把自己封闭起来，不和别人见面，这是不对的。这对她来说也不健康——

他今天早上就是这样的，他到处打电话邀请人过来。他整天都在帮她准备聚会。所有东西都是赊账买的，所有账单总要拖到最后一刻才能付清。她不得不绕道，这样就不会经过那些他们欠着账的商店。凯并不会为欠钱而困扰，哪怕他本来对各种事情都很挑剔。可这让她非常烦恼。邀请别人来家里，让他们享用没付过钱的食物和葡萄酒，她想想就失去了一半乐趣。但今天大部分时间里她都很开心，因为凯很开心。他打开罐头，让葡萄酒回到室温，然后建议她用哪些香料和蔬菜为餐桌添彩。

在准备聚会的过程中，凯坐下来，将本特抱在大腿上，用各种方法测试儿子，让他展示自己的智力。本特今天状态很好，猜对答案的时候也兴高采烈。"爸爸开心！"他喊道。凯把孩子放进婴儿围栏里时，有那么一会儿觉得很感动，若有所思。"当你的某种感觉影响到其他人时，这是一种耻辱。"他说。她温柔地捧起他那张精致、纤瘦的脸，这张脸上已经留下他内心深处隐秘的痛苦印记，无法抹去，她却没法缓解他的痛苦。"像今天这样的一天，可以抵消我们所有人漫长而艰难的一段时间。"她轻声说。

然而要一直和他同频实在太难了。他从书架上取下一本书，大声读给她听——这是他的一本课本，里面画满了线——而她正站在一锅炒蛋旁边。她能从他的声音中觉察出自己什么时候该微笑，什么时候该点头表示理解。她觉得自己像个白痴。她并没有真正听进去那些词句，只是听着他声音里的兴奋和紧张，同时在想无数其他事情：怎么才能安排九个人在餐桌旁坐下？他们差两个杯子，有个杯子有缺口，但她可以用那个。只要心怀友善，三个人也能挤在沙发上。

凯再次走到儿子身边——他想测试一下那本书中的几幅画。一张丑陋的脸和一张漂亮的脸。"你现在看到的这两张脸，哪一张难看，哪一张好看？"她焦急地等待着结果。凯细长而佝偻的身影出现在厨房门口，他皱起额头。"我不明白，"他说，"一个两岁的孩子应该能答出来的，本特那么有天赋！也许这个测试有什么缺陷。"

但很快，他就把这件事忘得一干二净，跳下台阶去拿一捆芹菜。奶酪必须配芹菜茎吃！

甚至在客人到来之前，她就已经无法掩饰自己的疲惫了。她的头发被厨房里的蒸汽熏得软塌塌的，她唯一像样的衣服腰身太紧。那些活力满满、妆容完美的年轻女性（这个圈子里的女性从来不会努力学习，因为学习会让人们忽略她们的外貌）被她迎进门，却让她觉得自己丑陋而笨拙。客人都安顿下来后，他们坐了一个小时左右，抽烟、聊天，每次露露离开房间，凯都要喊："你这是要去哪儿？放松点。和我们一起啊。""你不在房间里的时候，他就像只没有头的鸡。"其中一个女人揶揄道，她看着凯，眼睛平和，亮晶晶的。他就像变了个人。白衬衫在最后时刻才熨好；他眼睛里闪烁着一种罕见的幽默，她只记得两人订婚时他有过这样的眼神。这是他不止在她一个人身上挥霍过的东西，从未有过。为什么呢？他爱她，他依赖她，但他也喜欢别人的宠爱。他就像个虚荣的孩子——一个难缠的孩子。

她走回客厅，对着灯光微微眨了眨眼睛，她搜寻着凯的目光。此刻他情绪高涨，非常开心，是众人关注的焦点。他不停地说话，当他想解释什么东西时，纤细的手指会在空中划出一道道曲线。所有的酒瓶和玻璃杯都空了。桌布沾上了红酒和酱汁，空气里弥漫着浓浓的烟雾。她坐下来，但似乎没有任何人注意到。至少他们没有把目光从凯身上移开——不管是男人还是女人。她突然有种想要闭上眼睛睡觉的冲动。她认出了夏天里见过的一个深色头发的女人，当时他们每周举行一次心理学研究会；对方冲她微微一笑，在沙发上给她腾出身边的位置。"你看起来很累，露露。"她同情地说。露露吓了一跳，在座位上坐直身子，露出茫然的微笑。"我一点也不累，"她很快一口气说道，"凯的状态这么好，是不是很棒？"

她们俩都看向他。接着，年轻女人热情地说："他比我们任何人都聪明。如果他不能充分发挥自己的能力，那就太可惜了。"

露露没有回答。如果他没有充分发挥自己的能力，会是她的错吗？难道是她那充满爱意和繁殖力的身体，把他拖进了平庸和无聊的深渊？精神分

124

析师要帮他从内疚中解脱出来，但谁又来解救她呢？她还在望着丈夫。他瘦削、匀称的身形，炽热的眼神，从他那弧度优美的嘴唇里流出的话语。没错，他现在是幸福的，她想；这些人崇拜他，他不需要我。她突然想到，客人们离开后，他会整晚不让我睡觉，要谈论这场聚会，我还必须说他的朋友绝对都是最棒的人——我不得不赞美他爱的一切，同时自知我比不上他们——而我怀的孩子是我一个人的。如果他真的提到这个，那也是在说起额外的开支时——一份买肉的账单，或是一个苛刻的追债人。

　　每个人都在她周围、她头顶说话，痛苦在她无法阻止的情况下外溢，让她的思想和感官充斥着有毒的蒸汽。她不明白，她以前从未有过这种感受。她总是很仁慈地为他开脱，几个月来，她一直守护在他和外面的世界之间。她用各种借口不让自己的家人和女性朋友靠近，朋友出现在门口她就把他们打发走，他们只会没完没了地表示同情："他又抑郁了吗？天哪，这个人要面对的太多了！"本特吵闹时，她甚至会把气撒在他身上："爸爸需要安静！"

这不是他们结婚时她想象的场景。但她也不确定自己想象的是什么。一个女友撮合了他们："一个超级英俊、聪明的家伙今晚会来，你一定要见见他！"

那个"超级英俊的家伙"现在又回来了。他正在和一个脸色苍白的年轻人说话，露露并不喜欢这个年轻人，因为他总是极为真诚地问她"过得好不好"，得到肯定的回答后，却带着会心但怀疑的表情走开，仿佛按照他的定义，谁也不可能"过得好"似的；如果对方真的过得不错，他也毫无兴趣。他的神情就像个经常消化不良的人。凯正热切地和他说话，身体前倾，正好与他面对面，像一个完全被附近的东西吸引的小孩。"精神科医生不会承认这种分析方法，"他说，"但我打赌他们最终会承认的。他们当中没有一个人知道自己面对的是什么。"

在她心脏通常所在的地方，露露的痛苦凝结

成一个小小的硬疙瘩。她突然站起来，脸色苍白，看也不看他们中的任何一个人。"你们介意我去睡觉吗？我累坏了。"她清楚地大声说，房间里沉默了一会儿。凯终于盯向她，眼中带着生气、冷漠、恼怒和略微疑惑的神情。

"你累了？"他问道，仿佛她说了什么不得体、闻所未闻、近乎不雅的话。接着，他皱起额头，用手捋过头发，一脸困惑，仿佛在寻求帮助，以对抗针对他的不公。男人看着女人，女人看着男人。一种密谋的感觉从他们中间升起，将露露排除在外，但他们起身道别时，露露面无表情地挺直身子。

门在最后一位客人身后关上了，凯愤怒地转向她。"你到底在干什么？"他喊道，"你连最基本的礼貌都没有吗？"他一副想打她的样子。这时，他看到她的脸被泪水打湿，泪滴慢慢从她的睫毛间流出来，他惊奇地观察了她一会儿。他以前从未见过她哭。他不好意思地把她牵到沙发上，她依偎在他身边，哭得浑身发抖，疲惫不堪，像一只寻求保护的小动物。他拿了条毯子盖在她身上。他站起来，观察着她，身形脆弱，弯着腰。他眼中的光芒消失了，聚会结束了。外面，鸟儿开始歌唱。他单膝跪下，抚摸着她的头发。她拉起他的手，放在自己的脸颊上，无助而好奇地抬头看他，但他轻轻地把手收了回去。

"我们真是一对啊。"他平静地说道，更像是在对自己说，而不是对她说的。

Den onde lykke

第二辑　　邪恶的幸福

刀

他躺在那儿仔细观察着熟睡中的妻子，仿佛她代表一个数学问题，需要他先解出，才能去做其他事情。在早晨叫醒她之前，他总是对她心怀某种温柔。但这种感觉很快就会消失，而她几乎没注意到过。他听见他们的儿子在儿童房里走动，轻声咳嗽，自言自语。儿子知道绝对不能吵醒父母。

他转向墙，喊道："好了，埃丝特，已经八点了！"

这是他惯常的早安问候。不知为什么，他担起的职责之一，便是对家人使用一种冷淡而略带责备的语气，以此表达他对生活的总体态度，并强化他认为自己是个理智的人、讨厌多愁善感的认知。他的办公桌上没有摆放妻子的照片，也不像他的同事那样，会随时拿着自己孩子的小照片到处炫耀。不过，他几乎总是想着妻子和儿子，虽然他很难确定这段关系的实际性质，正如他很难区分这与他的其他关系一样。他们就像他内心的阴影，是他无法摆脱的思想胎儿，是他竭力想克服的弱点的产物。他们妨碍他的计划，让他心烦意乱、躁动不安，尤其是在他正需要全力以赴的时候。他常常想：假如没有他们，我的生活将会完全不同。遇到埃丝特时，他还在上学。如果不是突然需要，他不太确定是否还会娶她。这是一个他每天都问自己很多次的问题，但从来没有找到答案，考虑到事情的现状，他也没有深入想过这个答案对他有什么价值。但他不喜欢自己的生活被偶然支配。当某物或某人能帮忙促成某个目的时，你伸手去用便是。你要么利用他们，要么冒着被他们利用的风险。

他从床上坐起来，默默地看着妻子。她穿着衬裙在梳妆台前梳头，毫不在意自己半裸的身体，就好像他们已经结婚二十五年了。她对着镜子里的他微微一笑，有些犹豫，有些内疚，这种姿态是对他行为的一种自然反应，却丝毫没有减少他的恼怒。

"你为什么不先穿好衣服再弄头发呢？"他生气地问。

她没有回答，起身走进了儿童房。她用一种仿佛儿子还是个婴儿的语气说道："早上好啊，小宝贝。"

她太宠那个男孩了。她用母亲的大惊小怪吸走了儿子身上所有的独立性，但他会让他俩瞧瞧的——尽管还不确定会让他们"瞧瞧"什么。他看了看表，跳下床，打了五六次喷嚏后才穿上衣服。他早上总是鼻塞。这不是感冒，医生说，而是由于神经紧张。结婚前，他身上没有一点毛病。

他走进卫生间，能听见她在厨房走动的声音。她正在往水壶里加水。他小心翼翼地让剃须刀片滑过突出的喉结。小男孩非常安静。他又回去睡觉了吗？早上他通常都黏在母亲身后，叽叽喳喳地说着各种事情。当孩子不知道有人在听他们说话的时候，偷听是件很有意思的事。他惊讶地意识到，他几乎有点想念儿子的唠叨。习惯占据了我们生活的一半，他想。

他走进餐厅时，妻子正在给儿子舀麦片。她瞥了他一眼。"我去拿咖啡。"她说。

他迅速点头，坐在儿子对面，看了看他。孩子避开他的目光，在椅子上紧张地摇晃。

他一定是做了什么，父亲想。

他心里浮现出某种怀疑。他表情扭曲，仿佛刚吃了苦的东西。

"能给爸爸看看你的刀吗？"他轻声问。

这把刀是男孩收到的圣诞礼物。自那以后，父亲就不时问起这件事。男孩总是丢东西，如果他丢了一个玩具，母亲会尽可能用同款替换，以此来避免冲突。一种短视、自私的做法，而且几乎毫无意义，因为这种替换通常都被发现。除了几次涉及一把牛仔手枪、一条印第安羽毛发带和一幅塑料拼图的情况之外，他总是能揭穿她的把戏。区分新旧物品真的不需要太多脑力。另外三次他什么都没说。他有强烈的正义感，宁愿冒着相信谎言的风险，也不愿因为别人没做过的事而责备他们。

但这把刀完全是另一回事。六岁时，他从自己的父亲那儿得到了这把刀。他在平安夜把刀交给儿子时曾明确说，拥有这把刀意味着要承担一定的责任。与男孩拥有的其他东西不同，这一件是完全不可替代的。每当他让儿子去取来刀，一家三口都会全神贯注地盯着刀刃上精巧的图案、磨损的刀鞘，因为他们意识到，对这位丈夫来说，看到这把刀会勾起许多珍贵的回忆。他解释说，他曾经总是将它系在自己的童子军腰带上，这让他觉得自己比其他没有刀的男孩更优越。男孩和他母亲都知道，这是父亲一生中最珍视的礼物——那时候的孩子还没这么娇生惯养，他也没有收到过很多礼物。如今，父亲把它传给了刚满五岁的儿子，为此，他一直都在好好照料这把刀。至少他现在是这么认为的。

男孩惊恐地看着他，涨红了脸。他的大眼睛里盈满了焦急的泪水。

"它——它丢了。"他低声说。

他握紧勺子，小指关节发白。

母亲将咖啡倒进丈夫的杯子里。她的手在颤抖。

“我们肯定会找到的。”她立即说道。

他加了些糖和奶油，搅拌着咖啡，而她站在他身边，手指紧张地扭动围裙。他噘起嘴唇，抬头看她。

“这么说，你早就知道了，”他冷冷地说，“你觉得我要花多长时间才能发现?”

他气得心跳加速。这可太好了，他想。

他在男孩身边坐下，男孩还坐在那里，手紧握着勺子，没有吃东西。

“昨天丢的，”她低头看着桌布说，“我以为我们会找到的，以前也发生过这样的事。快吃麦片吧，小宝贝。”

她拍了拍男孩的头。

他走到门口拿了外套。

“我建议你们今晚前找到它。”他说。

他没说再见就走了。

他整天都在想那把丢失的刀。小时候，他经常走在父母屋后的树林里那条杂草丛生的小路上。他的刀在面前的空气中闪烁，阳光从刀刃上掠过。他用它砍下柳条。他醉心于权力，决定着哪些枝条能留下，哪些会落在他的刀下。他砍下的有些枝条弯曲且不结实，没有能用得上的。有时，他决定让一根强壮有力的树枝存活下来。柳枝就是败军中的敌人。他果断而任性地砍下它们。他自豪地向另一个小男孩展示自己的宝藏，让对方感受刀在手中的重量。男孩把刀还给他，仿佛它没什么特别的。大片云彩从头顶掠过。其他人不明白，他注定要赢得荣耀和胜利。当他感到刀抵着臀部时，便觉得自己在荒野中更显强壮、孤独。这把刀是在芬兰买的。是他父亲出差后带回家的。全丹麦再没有一把这样的刀。他和几个朋友一起玩"国土"游戏，他愤怒地把刀插进地里，仿佛那是他最可怕的敌人的心脏。刀刃保持垂直，微微振动，传出几乎听不见的声音。他在自己周围的地上画了个圈。"谁跨过这条线，我就杀了谁。"他喊道。没有人试图越线。他们在外面平静地聊天，让他待在圈子里，挥舞着他的刀。他不关心他们玩的游戏，他们也不理解他的游戏。早在开始上学之前，他就已经养成了独处的习惯。他觉得这是一种迹象，表明他与其他人不同，他是被命运选中的，会成为一个干大事的人。在上学路上，他趁周围没人，大声地自言自语。他是一名陆军将领，在与敌对国家的首脑磋商。他借用卡里特·埃特拉尔[1]和英厄曼[2]的小说，巧妙而狡黠地组织自己的观点。他熟悉世界历史。在很长一段时间里，拿破仑都是他的英雄。他认为，拿破仑一定跟他父亲一样，是个沉默而严厉的人，性格捉摸不定，令人费解。他母亲总在唠叨，常常让人摸不着头脑。她会突然安静下来，望着他父亲。他们从不吵架。但他们之间仍然有些秘密。他隐约觉得

1　卡里特·埃特拉尔（Carit Etlar，1816—1900），丹麦作家，善于书写日常生活，其作品带有强烈的民族主义色彩。

2　贝恩哈尔·塞韦林·英厄曼（Bernhard Severin Ingemann，1789—1862），丹麦小说家、诗人，将历史小说这一类型引入了丹麦文学中。其作品常颂扬丹麦的民族精神，在当时深受欢迎。

父母是敌人，而他站在父亲一边。晚上，他坐在他们中间，盯着他的刀。它不是玩具，而是在适当的时候使用的武器。芬兰水手总是带着这样的刀。

　　他照常工作，对办公室里的女人们发号施令。一种奇特而阴暗的兴奋涌上心头。是时候采取行动了，要果断、彻底。他可不打算宠坏儿子。突然间，他在脑海中看到了那张害怕的小脸，感受到类似同情的东西，但他坚定地将它驱散。那把刀在他的思想中划出一条无形的路，割去了一切多余而危险的弱点。自己将成为这个男孩成长过程中的支柱——严肃而具有责任感。可男孩总是跑到母亲身后躲起来。这样下去，他的人生会很艰难。他脸上有和她一样的软弱表情。

　　他抿紧嘴唇，皱起眉头。我确实警告过他们，他想。我已经够容忍了。随着一天过去，他觉得内心有什么东西在慢慢释放，它们在他心头聚积已久，沉重得让他难以承受。他们创造了一个没有他的世界，尽管正是因为他，他们才得以存在。他们害怕他，躲着他。今晚，他要让他们瞧瞧，谁才是掌控一切的人——世界上唯一能好好保护他儿子的人。把刀弄丢是最后一根稻草。他隐约意识到，自己把刀交给儿子的时候，就已经预见到了这样的情况。那孩子总是丢三落四的。他根本不珍惜花钱买来的东西。钱是谁赚来的？他在脑海里模糊地想象：自己是个上了年纪的男人，有个没骨气的失败儿子，他得为那孩子的过分行为和债务负责。而他妻子总是围着孩子转，为他辩护，试图掩盖他的过失，表现出内疚、疏远的样子，在母亲的身份中飘荡，迷失了自我，除了儿子谁都无法接近。不能再这样下去了。他是个坚强、理性的人，不会被偶然支配。他才是大权在握的人。他会利用每一个出现的机会，建立人脉，毫无顾忌地超越那些有资历的人。然而一个人想要成功，私人生活一定不能出问题。

潜藏已久的宏伟计划重新浮现在他的脑海中。他又一次相信这些计划能够执行。

快下班时，他坐在办公室里吹口哨。透过玻

140

璃门，他看到吃惊的女士们从椅子上转过身来。看到老板心情这么好，她们不太习惯。

　　他坐在回家的公交上，离家人越来越近，仿佛他们是不可避免的命运。他和埃丝特从未真正吵过架，因为只要语气强硬点就足以让她嘴唇颤抖。

　　这是女人惯用的防御机制。有些男人让自己受制于女人的眼泪。但他不是那样的人。那样的日子已经结束了。现在，他要从愤怒的内心残忍地抛出毫不留情的话语，将一把隐形的刀扔到她和男孩之间。尖刻、真实的话语。刹那间，男孩便会发现自己再也得不到母亲的保护。只需一击，这个男孩的生活根基就会往好的方向发展。他在心里盘算着自己的策略：开始时沉着、友好、果断，然后突然改变音调，升入由愤怒和力量制造的那种能带来振奋、净化和解放的气氛中。等他们都在他的掌控之中后，他会停止攻击，把男孩抱在腿上：你能向爸爸保证，再也不弄丢任何东西了吗？很好，那我们以后就不提那把刀了！下车时，他抬头看向天空：

春日的蔚蓝天空。当他拐过街角，沿着街道往家走去时，一阵凉风迎面吹来。他一点也不着急，昂首阔步，自信满满。

他突然停下脚步。男孩满脸通红，向他跑来。他眼里闪烁着喜悦的光芒：

"爸爸，"他气喘吁吁地喊道，"我们找到那把刀了。我把它落在普雷本家了！"

他猝不及防，低头盯着儿子。他的肩膀不自觉地往下沉。他内心的某种东西像纸牌搭的房子一样塌了。他机械地握住男孩的手。

"噢，那很好。"他淡淡地说。他的心不规律地跳着，仿佛刚刚结束一场长跑。他觉得腿很沉。他清晰而深刻的想法，突然凝结成一片无法穿透的灌木。他内心有什么东西以令人眩晕的速度倒塌，也许是希望。什么都没有改变，也许改变是不可能的。他妻子正在楼上等他。她会如释重负地把刀给他看。像往常一样，她和男孩会站在厨房里轻声交谈，他则孤独而烦躁地坐在那里，嘟囔着等待晚饭。

男孩抬起头，关切地看着父亲。他得小跑着才能跟上父亲的大步伐。

"你为什么看起来不高兴啊，爸爸？"他焦急地问道。

他没有得到答案。

方法

  和一个完整的人结婚实在是太难了。有太多事要去理解。令人生畏，让人不知所措。她不知道他是怎么受得了的，也不知道他的方法是从什么时候开始的。她认为每个人都有自己的方法，因为大家基本上都忍下来了。就在人们即将崩溃的时候，在为时已晚之前，他们找到了自己的方法。她的方法是每次适应一点，然后在很长一段时间里，事情都很顺利，直到这个方法中不完美的点达到极限。她不知道该如何面对的，是他鼻子周围的那块危险区域，还有鼻子本身。当鼻子的日子到来时，她试图避开它们，先是靠分散自己的注意力，然后不安地假装快乐：不，不，我的朋友，我们就忽略你这一次吧。谁知道呢，谁没有在一个快乐的夜晚被迫站在角落里或坐在冷板凳上？这是生活的一部分，世界就是这么运转的。她会尝试先从手重新开始。但这从未奏效。那双手深受冒犯、感到疏远，与鼻子团结在一起。真不可思议，身体居然如此固执地组成一个团队！一同要求公平。她放开他的手，转而抓住他的眼睛，眼睛冷酷地盯着她，呆滞但无所不知。一周之内都不会轮到它们了。她最后的选择是打开所有毛孔，把他整个人吸入体内，一个危险而窒息的时刻，陌生童年的焦煳气味灼烧着她，把她卷成一个变形虫般的球，只会简单的自我保护。她艰难地在房间里爬来爬去，一点点找回她人格的所有部分，然后把它们重新缝补起来（虽然通常会少几个小部件，后来她发现，它们会藏在镶板的裂缝里，或是在食品储藏室的架子衬垫下，她淡然地认为，这都是他方法的一部分，与她无关），这时他的鼻子明显变软，没有做出特别的反抗就自己放弃了。这个过程让她精疲力竭，并让她的情绪剧烈波动，常常迫使她去与鼻子和解。她建议他们开始和平而单调的休战，建立友好的手足关系，对手帕保持警惕，格外关注鼻子的特殊利益，哪怕鼻子的主人常常忽略它；但一切都是徒劳。鼻子只满足于爱情。鼻子会生事，到了一定程度，她只好调整顺序，把它放在月度最好的"眼睛日"之后。她非常爱那双眼睛，并且直接这样告诉它们，没有让自己被声音干扰，那声音在它特有的频道里运行，乐于看到夫妻俩如履薄冰，满足于那些独属它的日子，满足于周期性的确信。她爱那双眼睛，把自己交给它们，让它们温柔的光芒穿透她内心深处，让她每次在一瞬间忘记下层那可怕的悬崖。为了进一步强化自己，她在眼睛和鼻子之间增加了一天假期。经过一些练习后，这招奏效了。男人没有意识到自己不在场。他肯定从未发现这一点，因为无论他的方法由什么组成，这都会让它无法实现。他们总是尊重彼此的方法，即便对其一无所知，这在人与人之间很常见。但假期结束后，那块愚蠢的肉再次出现，提出它不可避免的需求。她应该爱它，把它当成自己的东西。在她购物时，它从袋子里伸了出来。它堵住钥匙孔，仿佛钥匙是专门为一个更小的开口制作的。那残忍而疲惫的鼻子给她带来无数小烦恼，每晚在她的梦中以最可怕的伪装追逐她。这些年来，她只有几次能够镇定下来，避开了它。她也许能忍受双手、额头、脚踝和肩膀的敌意，但眼睛的不行。为了它们，她现在总是选择破碎机制的肢解逃生路线，她习惯了无视鼻子的振动侮辱，连她的眼睛都看不到那样的振动。但她从未对自己方法的危险性视而不见。她想，换作另一个女人，可能会找到更好的解决办法。一个吸墨纸女人会毫不费力地把他囫囵吞下，甚至连他的毛发和骨头都不吐出来，随后她会躺进一个秘密的抽屉，里面的一切都已准备就绪，保存完好，通过储存液体来保持湿度。但对她这个滑溜溜又怕水的人来说，这是唯一的方法。鼻子的不满中蕴藏着危险，她及时看到局面在走向灾难。她的命运变得难以承受，她必须放弃一些东西。事情开始悄然发生。一天早上，当她在地上爬来爬去，哭哭啼啼，一无所有，摸索着被离心分裂的自我时，她意识到自己少了三颗钉子和两个齿轮，它们本身无关紧要，她很少用到它们。她焦虑万分，找遍了平时藏东西的地方，接着找遍了房子、地窖、阁楼，最后找遍了院子里的灌木丛和树下。枉费工夫。它们永远丢失了，她再也没找到它们。倒不是说有人注意到。这不是那种弄丢了会得到全世界关注的东西。她的头皮因恐惧而刺痛，没错，她发现，一个人可以在保留自己运转能力的同时失去很多自我。直到她再也跟不上节奏，因为她很难听到音乐声——但那是很久很久之后的事，已经过去许多年了——在绝望的孤独中，她向眼睛寻求安慰，它们是她最好的朋友。当她在瞳孔深处看到锈迹一般的金属光泽时，就好像有块潮湿的抹布包裹着她的心，她意识到所有消失的东西最终都在那里，在她丈夫体内的某个地方，而他即使想还给她，也永远不可能了。只是因为他完全不知道自己偷走了那些东西。这只是有缺陷的方法应得的简单惩罚。这时，一根自负而炽热的恐惧之柱在她体内升起，她立刻彻底放弃自己的方法，对其他人漠不关心，一心只想保住尚未被偷走的少数重要部件。她对"挺过去"漠不关心。音乐消失了，他们一动不动地站着，被人们推搡。她的眼睛寻找着鼻子，虽然还没轮到鼻子的时刻。她看到它变大了，饱满而友好，里面装满了她的物品，而鼻子忙着消化它们，根本没有注意到她。它终于满足了。它那对扩张的大鼻孔从她身上移开，她带着软弱而冷淡的嫉妒，看到它们转向一个正在跳舞的吸墨纸女人。她似乎也有点鼻塞。

"不要离开我，鼻子。"她残存的声音喃喃道；随着她因感冒而认命地吸吸鼻子，那块如今十分高贵的赘肉不情愿地转向她。从现在起，它将活在永不熄灭的希望中，希望得到她的骨骼和皮肤，那是她仅剩的东西了。

然而这并没有发生，因为她的焦虑和幸福，连同她对那双眼睛的渴望，都离开了她。既然她已经毫不费力地将他整个吸入，这永远都不会发生了。因为它已经吞噬了太多她的东西，才使之成为可能。生命的大部分时间已经流逝。音乐又清晰起来，他们跳得比之前更好，一点也不疲倦。冰层下躺着她遭遗弃的方法，完全被他的方法覆盖，窒息而死。

人们说，在他们认识的所有夫妻中，他们是最幸福的。

焦虑

　　床嘎吱作响，她怯生生地抬头看着天花板。随后，她小心翼翼地放下咖啡杯，以免勺子碰出叮当声。他醒着的时候，床会发出不同的声音。但有时床根本不会响，这几乎是最糟的情况。这样已经持续了三年，而她从来没有时间回忆以前的情况。他是个文字编辑，晚上工作。他早上回家时，她可以立刻从他脸上看出报纸上是否有错字，但有时他直到醒来才看报纸。每当他发现报纸上有错字，就会对她大发雷霆。她想，这真是太遗憾了，因为他工作那么勤奋。她总是小心翼翼地为他着想。但偶尔，比如现在，当他醒着，而她在喝咖啡时，她会想如果有客人来一起聊聊天就好了。一开始，亨妮有时会来，因为她总是来。亨妮是她姐姐，住在附近。但尽管她们很小心，说话也很小声，床还是不停嘎吱作响。这是有人醒着的声音。亨妮说："这里的隔音效果太差了！"于是她们开始窃窃私语。这时他会大喊，让她们不必轻声说话，反正他也睡不着。亨妮离开时，她总是很高兴。这样更好。

她其实想要一只猫。这样她至少有个伴，而且猫比较安静。总有一天，在他心情好的时候，她会问他能不能养只猫。

她再次抬头看着天花板。这会儿安静下来了。他睡着了吗？她活动了一下脚，扭了扭脚踝。她缺乏锻炼。他们过去常常在晚上或星期天一起散步。现在他星期天也一直躺在床上。床已经很旧了。比她的床更旧，她的床靠在另一面墙上。他不太在乎有没有房事。

她弯下腰，从地板上捡起一根线头。他离开后，她才会打扫卫生。她一头撞在桌子上，勺子碰到了杯壁，响起叮当一声。她的脸涨得通红，心脏开始怦怦跳。她太笨手笨脚了。不管她怎么努力，总会发生一些意外。她本可以把线头留在那里不管的。床嘎吱作响。

"你又坐在那儿喝咖啡吗？"他喊道。

"噢，"她喊回去，"我吵醒你了吗？我只是把今天早上剩的热了一下。"

"我听见你把咖啡罐的盖子打开了，"他的声音透过天花板传来，"你想喝多少咖啡就喝多少。不用编造愚蠢的故事。"

她手里端着杯子站起来。她打算把它拿到厨房去。她先听了听，以防他还要再说些什么。他声音的回响还在她体内回荡，直到它渐渐消失，她才能动弹。随后她的心又平静下来。床得胜般地嘎吱响了几下，声音很大。

她走出去，先放下杯子，接着放下勺子，最后是碟子。他说得没错。他不在乎她喝不喝咖啡。他确实是个和蔼的人。他睡得很浅也不是他的错。她决定去找亨妮。她经常这样决定，但很少有所行动。她真的很喜欢和姐姐的孩子们待在一起，尽管他们吵得要命。她不相信发出那么大的动静是件好事。为了平衡，她总是低声说话。这时，亨妮会笑着说她变得太奇怪了。亨妮说阿瑟整天躺在床上，把床弄得嘎吱响，都快把她逼疯了。可他还能去哪儿呢？亨妮真是不可理喻。

她犹豫着向门口走了几步。

"你要出去闲逛吗？"他吼道。

她把手放到胸前。她突然觉得喉咙发干。她清了清嗓子。

"没有，"她喊道，"我只是在穿鞋。"

"太吵了。"他咆哮着，她能听出来他快要失去耐心了。她镇定下来。他坚持认为，如果她不大声喊叫，他就听不到她说话。其他时候他的听力算得上不错。

"那我就不穿了。"她绝望地喊道。

她坐回桌旁。楼上又安静下来，在紧张而专注的寂静中，十分钟过去了。这时，一阵令人愉快的低沉鼾声打破了寂静，这是她的声音世界里最能给她安慰的声音之一。

她伸展着僵硬的身体，关节咔咔作响。接着她笑了笑，双手搓在一起。至少要过一个小时他才会再次醒来。她很容易就能去看望亨妮，一个小时后就可以回来。她太常一个人待着了。之前有段时间，跟其他人一样，他们也有访客。她母亲曾经坐在那把椅子里，她哥哥坐在沙发上，挨着他的妻子。他们会顺利地度过几个小时。随后他开始沉默。他们跟他说话，他只用单字作答。她不知道是怎么回事，但突然间每个人都紧张起来。他们低声说着话，好像发生了什么意外似的，并对他投以短促而焦急的目光。然后他们离开，留下两个人吃不完的食物，以及她仿佛犯了罪的感觉。等她在门口紧张地低声道完别，再回到他身边时，他已经在扶手椅里睡着了。他醒来发现客人们早已离开，还很惊讶。有时他也请朋友来做客，几个单身的年轻人整个晚上都坐在那里听他说话，她则把啤酒端进来，把空酒瓶拿出去。他们自己倒不怎么说话。事实上，他们似乎有点害怕他。她不知道为什么。但这一切就像发生在其他星球上一样。只有在他睡觉的时候，她才会想这些事。她一边小心翼翼地轻声穿上鞋子和外套，一边想，他们应该有个孩子。现在，她年纪已经太大了——将近三十五岁——但他们还年轻的时候，本该有个孩子的。即便在那时——在一颗更遥远的星球上——那件事也很少发生。只是偶尔，在一片漆黑的寂静中，他才能克服自己对那件事的不情愿。事后他仿佛是在生她的气。他们从来没谈过那件事。

开门前，她先拧开锁。他总是能听到它发出的轻微咔嗒声。她走到外面的路上，朝两边看了看，然后像一片瘦弱的影子一样，匆匆向她姐姐的住处走去，一共只有五十多步的距离。

两个孩子跑向她的怀抱。

"天哪，天哪，"她感动地说，"好久不见了。我也没带什么东西给你们。"

他们拉起她的手，围着她跳舞，直到她喘不过气来，坐下大笑，用手捂住自己的嘴，仿佛这是最愚蠢的事情。想想看，如果他现在能看到她的样子，该是什么反应！

"我不能久留，"她对又怀孕了的亨妮说，亨妮的眼神显得温暖而幸福，"我只是来看看，因为他睡着了，我就想——"

"没事，没事，"亨妮说，"你快坐下吧。放松，亲爱的。休息一会儿。"

房间被阳光照得亮堂堂的。屋里有台缝纫机，到处都是衣服，不知道为什么，她开始哭起来。接着她使劲擤擤鼻子，随后开始大笑，根本停不下来。

"哎哟，"她说，"我肚子疼。你说得对，亨妮。是我的肚子，正咕噜噜响呢。"

亨妮的眼里也噙着泪水。亨妮走过来搂住她，她内心一些冰壳融化了，有那么一瞬间变得柔软、明亮，她一辈子都不会忘记这种感觉。她从未有过这样的感觉。她原本只是来看望姐姐，姐姐的丈夫她其实受不了，因为他周围总是笑声不断，吵闹得很。

"听着，"亨妮说，"你不能再这样下去了。他总是把你吓得魂飞魄散。你以为我们不知道发生了什么吗？"

"可是。"她说，不知该如何开口。她感到冒犯，她必须回家。"亲爱的亨妮，"她说，"你这什么意思？我只是有点紧张。他没对我做什么。只是因为他的夜班工作而已。可怜的家伙，他白天很难睡着。而且要是我有一只猫——"

她在胡言乱语。她真的不该把猫和这种骇人听闻的指控混为一谈。她应该让亨妮站在自己的角度想想看。但她还是说了，仿佛亨妮根本没说过那些胡话：

"一只小猫而已，一只柔软、温暖的小猫，会低声咕噜。它可以躺在我大腿上咕噜一整天，亨妮。你能给我弄只猫来吗？"

"你问过他了？"

"还没，但我今天正准备问。我现在就回家问他。你可别以为我怕他。"

她不说话了。她的眼睛扫视着房间。随后她的注意力转向自己的内心。他已经醒了。她能透过墙壁和建筑，透过大洋，透过三年紧张的专注感受到。她轻轻拍了拍胳膊，让自己更快地从椅子上站起来。太阳照得她睁不开眼睛。她渴望坐在桌边听天花板传来的声音。她渴望听到床嘎吱作响。她无法忍受远离那声音。她的心疯狂地跳动。

"抱歉。"她对亨妮说。"再见，孩子们。"她对着那些在阳光下舞动的模糊小人说。亨妮在她身后喊着什么，但风把她的话吹走了。

"好的，"她回喊道，"好的。"

就让这一切顺顺利利吧，就这一次，她想；上帝做证，我永远不会再提要一只猫的事，就让他睡觉吧。别让他醒着就行。

她在门外的垫子上脱掉鞋子，侧身从门里蹑手蹑脚地走进去，仿佛要是门没有开那么大，动静就会小一些似的。随后她站在客厅门口，僵硬得像一尊雕像，因为他就坐在那儿，面前的报纸摊开，他的身体正朝一杯咖啡前倾。他极为缓慢地抬起头，上下打量她，仿佛以前从未见过她。

"怎么，"他淡淡地说，"发生什么可怕的事情了吗？你看起来不太对劲。"

"没有。"

她朝他走了一步，又站在原地。

"我——我只是刚刚去了亨妮家。我想既然你睡着了——"

她的声音变得低沉而沙哑。

"你出门的时候我听见了。"他说，重新全神贯注地看起报纸。

她盯着他的喉结。它上上下下，上上下下地动着。要是它能停下来就好了。要是有什么东西能停下来就好了。如果他能让喉结不再动，她会感觉好一些。

"我想要——我的意思是——你不觉得养只小猫会很不错吗？"

"猫有味道，"他恼怒地说，"你不该让她给你灌输这种乱七八糟的想法。"

"不是的。"她把外套挂进衣柜里。

随后，她小心翼翼地坐在常坐的椅子上，尽量少占用空间。他读了广告。表情很可怕。比有错字的时候还要糟，她想。她不该出门的。一直待在家里，她避开了总是即将发生的变故，避开了她预料之中的事，避开了她每一天的每个时刻都在推迟的事，好似推着一堵墙，不用尽全力它就会倒塌。

时钟敲响了六点。

他把报纸整齐地折好，默默观察了她一会儿。

他慢慢说："没有错字。"

"噢，谢天谢地，"她说，"谢天谢地！那就忘了猫的事吧，阿瑟。没关系的。它们确实有很难闻的味道。你说得很对。我去煮土豆了。"

她从房间里跳着出来，脸上露出茫然的微笑，同时在空中做着微弱的防御手势，仿佛在拍打看不见的苍蝇。

她不敢想象，如果报纸上有错字会发生什么。

母亲

"胡扯！"她说，"都是琐事！不要浪费你的时间。手帕在这儿。衬衫在右边的抽屉里。知道这些就够了。关注重要的事情。"

她喜欢直线、光滑的表面、平面门。她讨厌格子吊顶和走向不明的对话。早上，她比任何人都起得早。她踩着嗒嗒作响的木质鞋跟穿过一个个房间，把过了太久才枯萎的花摘下来。

他们躺在棺材般的窄床上，听着她的脚步声。她从不叫醒他们。她不会介入他们的生活。但他们不得不打扰她。每隔一段时间，他们就得问她手帕和衬衫的事。他们不得不听她一遍又一遍说着同样简短却令人印象深刻的语句。胡扯！都是琐事！他们盯着她，不由自主地被她那尖尖的鹰钩鼻，牛头犬似的下巴和清澈、凹陷的眼睛迷住，那双眼睛总是眯起来，切中问题的核心。当她翻阅账单、算账、平衡预算，或是打电话给肉铺老板，订又大又厚的肉块来煎或煮时，他们便从藏身的凹室出来跟着她。她直挺挺地坐在餐桌旁，吃得又快又不耐烦，倒也没什么特别的原因，而每个人都赶着要和她同时吃完。

晚上，她回到自己的房间里，撕掉旧信件和红丝带，等到早上，废纸篓已经装满了。他走进她的房间时，她正在抹平床单。但凡身下的床单有一丁点褶皱，她就睡不着。他说："也许我们应该——我是想说，生命短暂；有时我梦见你的名字叫莱奥诺拉。"

她紧紧闭上眼睛，把自己干燥、没有皱纹的脸颊给他亲吻。"是的，"她说，"这是部分原因。完全没问题。"

她不会介入任何事情。但他们知道，只要她离开一天，哪怕是一个小时，一切都会分崩离析。到那时，他们就会完全迷失在这些又长又黑的走廊，这些落地的镜子，这些无用的灰泥天使，这一堆堆垂死的花朵和飘动的丝带，这些被小男孩从墓地僵硬的花环上偷来的东西中间——这些柔软的、粉蓝色的床，床头板上贴着装饰画；这些充满爱意，被海藻覆盖的手臂，到处伸出手来抓他们；这些腐烂和熏香的气味，甜蜜但令人窒息。

"必需品，"她说，而且她是对的，"是那些明智、光滑、笔直或平坦的东西。"

他不打扰她的时候，她会读书。她喜欢押韵恰当的诗歌，也喜欢小书里高度浓缩、行距狭窄的文字，某些懂得切中要点（这是一种罕见的艺术）的散文家、哲学家和回忆录作者充分而经济地利用了纸页。她讨厌小说和短篇故事。读它们是浪费时间，只会让人远离现实生活。它们还蜿蜒曲折、参差不齐。都是胡扯！

她看书的时候，房子里一片寂静。有时她出现在门厅里，他们也从各自房间的门前冒出来，屏气躲着偷听。

"年轻人得享受生活，"她说，"他们必须做这件事，否则就太晚了。"

然后，他们拿了自己的衬衫和手帕，带着衰老而沮丧的面孔出去玩。她从不过问他们去了哪里，也不问他们什么时候回来。"其他母亲会的。"她说。他们内疚地吞下大块的肉，为他们干净的指甲和上面明亮的白色月牙羞愧，为他们剃得光滑的下巴尴尬。

她给他看了家庭预算。"肉铺、面包店、杂货店。"她一边说，一边用宽大、干燥、略呈方形的指甲戳着每一个无声的条目。"好吧，"他连忙说，脸都红了，"其实没有必要——"

"噢，有必要的，"她说，她光滑、平坦的腹部与他的鼻子齐平，"必须这么做。我们必须把它做完。"

"母亲。"他们说。

接着，在她探询的目光下，他们又沉默了，因为他们从来没有什么必要的事情需要她帮忙，也无法迅速而准确地说出什么具体的话题。然后他们问："衬衫在哪儿？手帕在哪儿？"她的回答安抚了他们。这使他们心中的罪恶感暂时消失，让他们的呼吸不再那么困难。他们总是盯着她，从他们隐秘的角落，从他们被风暴席卷过的塔楼房间，从他们的灵魂、活板门和无法抚平的皱纹间可怕的扭曲里。"胡扯！"她说，"都是琐事！说重点！"

"成熟点吧。"她说。

他们一生都站在离她不远的地方，焦虑不安地听她说话，而到了晚上，她会撕破丝带和信件。这样的日子没有尽头。他们从未想过是谁清空了废纸篓，是谁倒了垃圾。这完全不是必须做的事。也许是他们的妻子，也许是管家——

好买卖

　　房产经纪人把车停在年轻夫妇居住的公寓小区外。他们要和他一起去看房子。他面带灿烂的笑容打开车门，让他们上车。他觉得这两个人都很不错。丈夫三十出头，从他脸上能看出他坚毅的性格和出人头地的能力。妻子怀有身孕，话不多。她似乎飘浮在一片爱情的粉红色云彩上，对与这笔买卖相关的任何事情都充满顺从的惊奇，而她对此一窍不通。一对不必他费力气的夫妻。他们继承了一笔遗产，他很清楚这笔遗产的分量。也就是说——他发动了汽车——他们不会找麻烦。丈夫显然很挑剔，但经纪人喜欢头脑清醒的年轻人。

　　"我们今天开车去布雷格纳，"他说，"那儿有一栋房子，正好适合你们。四间卧室，一间书房，有中央供暖，还带一个漂亮的院子。房子看着有点空，不要在意。那家的妻子离婚了，必须尽快卖掉房子。她只关心首付。"

"她要多少钱？"丈夫问，他也只关心首付。

"两万五，"他弹掉雪茄上的烟灰，"但她会再降一点。"

"她有孩子吗？"妻子问。她一边把头靠在丈夫的肩上，一边转着他外衣上的一颗扣子。

"好问题。"

经纪人发出响亮的笑声。

"三个孩子。一个还躺在婴儿床里。"

"炉子的状况好吗？"丈夫问。他正在了解房子最脆弱的地方。

"所有东西都是一流的。丈夫就这么离开了。"

"啊，"她同情地叫道，"抛下了三个孩子！"

她抬头看了一眼丈夫。他绝对不会那样做的，她想。她肚子里的孩子动了动，她的鹅蛋脸上露出甜蜜而恍惚的表情。

她丈夫厌恶地注意到，房产经纪人的衣领上

有星星点点的灰色头皮屑。在公司晋升到更高的职位后，他就会注意到这样的小事，而手持一流推荐信的人不明白，为什么他们会被淘汰。这个想法对他很有吸引力。

汽车溜出城市，穿过郊外的住宅区。她对玩耍的孩子们微笑。不到一个月，她就会在草坪上调整婴儿车了，这样太阳就不会照到小婴儿的脸上。在她的院子里。她的宝宝。他们必须尽快做出决定。

"我希望你喜欢这栋房子。"她说。

他心不在焉地拍拍她的手。最近他一直在研究购买房产的细节。没有人能用装饰华丽的耗钱无底洞来骗他。他们最近看过不少这样的房子。

"您认为她还能降多少？"他问，身子往前探向经纪人的粗脖子。

"我会说四到五千。像她这样处境的女人急需现金。"

"她真的想卖？"

他点燃一支烟，紧紧闭上眼睛，以免让烟雾

熏到。

房产经纪人再次发出响亮的笑声，最后咳嗽了一阵。

"我敢打赌。她连勉强度日的钱都没有了。"

"你们不会想骗她吧？"妻子担心地问。

"把这种事交给我们吧。"她丈夫说，给了她一个慈父般的温柔眼神。"我们讨论的可是我们的未来，"他更温柔地补充说，"还有孩子的未来。"

房子位于一座小镇上。他们开车经过紧挨着彼此的酒吧和教堂，两个男人开着那一类常见的玩笑。她有点不安地来回看这两个人。似乎因为那个必须卖掉房子的女人，他们之间产生了一种心照不宣的默契。如果我们不喜欢呢？她焦虑地想道。如果没人想买她的房子呢？

"我们到了。"

房产经纪人很有风度地扶住她的手肘，领她下车。最近，除了她丈夫，她不能容忍任何人碰她，连女人也不行。她只在绝对必要的时候才离开公寓。

"啊，多可爱啊！"一看到那栋红色的小房子，她立刻惊叫出来。房子有蓝色的百叶窗，院子周围有一圈规整的铁栅栏，里面由熟练的工人精心修剪、打理过。

丈夫轻轻戳了一下她的侧腰，提醒她不要表现出任何兴奋的样子。她的脸微微红了。对她来说，隐藏自己的情绪并不容易。

他们小小的队伍向前走到半路时，一个八九岁的男孩满脸挑衅地拦住他们。他站在那里，像个男人一样两腿叉开，眉毛间有一道竖着的皱纹。

"妈妈改主意了，"他用阴险的语气说，盯着显然认识自己的房产经纪人，"她决定不卖这栋房子了。"

房产经纪人和善地笑笑，拿出钱包。

"我觉得你需要一个冰激凌，"他说，"给你，去吧。"

男孩假装毫不费力地把硬币抛向空中，然后接住。他连一声"谢谢"也没说就大步走开了。

"不用担心他，"房产经纪人说，把雪茄扔进连翘树篱里，"都是他编出来的。"

她看着男孩离开。他没穿袜子。现在是五月初，天气还很冷。

那个女人打开门，不安地对经纪人笑了笑，用含糊的手势请他们进屋。她大概在三十到四十岁之间。她的脸很漂亮，但头发暗淡而蓬乱。她穿的围裙上有一处湿了，似乎是刚从水槽那边过来开门。一个五六岁的小女孩站在她身边，一边扯着她的裙子，一边板着脸观察这些陌生人。房产经纪人明显很紧张地拍了拍她的脸颊。他自己没有孩子。女孩害羞地从他的大手下扭开。

"好了！"他搓了搓双手，"对不起，我们没有事先通知就来了，但我不知道您的电话停机了。我试着给您打过电话。"

"我忘了交费，"这位母亲急忙说，同时解开围裙，"请进。"

她领着他们从门口走进一间大客厅，这里与

一间卧室用玻璃门隔开。他们能听到卧室里传来一个婴儿持续不断的哭声。

她朝卧室门看去。

"我刚要喂奶。"她语带歉意地说。"我可以等会儿再去。这里是起居室,"她说,警惕地看了一眼潜在的买家,"请原谅,这里很乱——"

"没关系。"妻子环顾四周,说道。

地板上有一些边界明显的区域,是最近被搬走的家具留下的。褪色的墙壁上,最初的颜色一小块一小块露出来。剩下的几件家具被仓促地临时摆在地板中央,形成一种"待客人来访"的构图。阳光斜着照在窗台上,盆栽中的土壤太干了,布满了裂缝。

妻子感到一阵寒意,于是把外套拉得更紧些,围在喉咙上。

"这里很宽敞。"她说着,好奇地抬头瞟向丈夫。

他可以试着表现得友好一点的,她想。

他抬头盯着天花板,指着一个黑点。

"屋顶漏水吗?"他怀疑地问。

房产经纪人耸了耸肩。

"小问题,"他说,"房顶有块瓦碎了。只要几克朗就能修好。"

"这种事情早该处理好的。"

年轻人冷冷地看着房子的主人。她孩子的哭声变成了认命的呜咽。

"如果您想的话,可以去喂奶的,"妻子赶紧说,"您忙的时候,亨里克森先生可以带我们四处看看。"

她已经站累了。他能注意到这样的问题挺好的,她想,试图摆脱内心的悲伤。卖房的人总会把房子的缺陷隐藏起来。

她丈夫望着她,目光变得柔和起来。

"你为什么不坐下呢,格蕾特?"他说。此刻,他对另一个女人本能的轻视得到了具体的佐证。作为一位母亲,她至少应该主动给孕妇端把椅子。

房产经纪人又笑了起来。他肚子里发出的笑声,就像一只从斜坡上滚下来的空桶产生的隆隆声。格蕾特坐下时,他仔细地打量着她。

"男人就是男人，"他空洞地说，遗憾地摇摇头，"我们要上楼看看吗？去喂奶吧，女士。我来接手。"

女人犹豫了一下，似乎不相信他能令她满意地"接手"。小女孩明亮的嗓音突然填补了随之而来的短暂沉默。她抓着母亲裙子的一角。

"下雨时，雨水会从天花板上落下来。"

母亲把裙子挣脱开。她恼羞成怒地涨红了脸。

"闭上你的嘴。"她威胁道。

小女孩将胳膊挡在脸前，好像在等着挨打似的。她面带挑衅，就像她哥哥不久前的样子。

房产经纪人快要笑死了。

"要是您不注意，您的孩子会把所有买家都赶走。"他说。接着，他脸上快活的神情立刻消失，仿佛被一只无形的手抹去。格蕾特突然看见他的眼睛里闪过一丝光，这让她感到焦虑。她朝女孩笑笑，但女孩没有回以微笑。

"唉，要离开家，你一定很难过吧，"她友好地说，"这很正常。"

房产经纪人点点头，把一支新雪茄的烟头剪下来。

"小孩子不知道什么对他们最好。"

他有意看着那位母亲，似乎在等她同意自己的看法。

丈夫皱了皱眉头。

"下雨的时候真的会漏雨吗?"他用质问的语气说。

女人的脸慢慢涨红，一直红到喉咙，就像被戳穿了谎言的孩子。她张开嘴想回答，但房产经纪人抢先了一步。

"胡说。"他断然否认。

他的肢体语言仍然流露出干这行需要的那种乐呵劲，但格蕾特再次注意到，他浅色的眼睛里有警告或威胁的意味。他们之前和他一起出去看房时，他的眼神并不是这样。她也不明白他和那个女人交换的眼神是什么意思。她似乎害怕他，双臂交叉在胸前，摆出一副防御的姿态。

房产经纪人向门口走了一步。

"我们上楼去吧,"他换了话题,"好让女士们聊聊。您妻子可能太累了,上不了台阶。"

那位母亲站在地板中央,显得迷茫、举棋不定,她看着两个男人离去,好像宁愿和他们一起走似的。随后她的目光转向格蕾特臃肿的身形,仿佛是第一次看到她。

"那个房产经纪人身上有些东西我不喜欢。"她生气地说,解开裙子的纽扣。"您要是知道我这种处境的女人会经历些什么就好了。"她又痛苦地补充了一句。

格蕾特悲伤地看着她。

"我——我很抱歉。"她不安地说。突然间,她为之难过的不是这个女人或她的孩子们。是别的东西。而它已经在发生了。夫妻俩已经为孩子要在什么样的房子里长大做了很长时间的计划,这并没有什么错。他们和经纪人看过不少房子——保养得很好的漂亮房子,里面住着保养得很好的漂亮的人——那些房子能不能卖出去,似乎并不重要。

两个男人都礼貌得体地和房主们交流。每一栋房子她几乎都喜欢，但总有些她丈夫不喜欢的地方。每次他决定他们不会买某栋房子时，他都表现得很满意，就好像他做成了一笔很好的买卖，尽管他们根本没做成任何买卖。他为什么要那样看着天花板上的小污点呢？他看那女人和小女孩的眼神也是一样的，仿佛她们也是房子里的缺陷，可以压低房子的价格似的。或许他也不打算买这栋房子。他们到家后，他会表现得好像做成了一生中最妙的买卖。她已经厌倦了找房子，心里刚拥有一点它们，紧接着又失去它们。她有种可怕的预感，觉得他们永远不会买下任何一栋房子。她突然几乎要哭出来。

"您想看看小婴儿吗？"

女人站起来，脸上露出柔和的表情。小女孩已经坐到房间一角的玩具厨房前玩耍了。透过天花板，她们能听到两个男人的脚步声。

她把婴儿抱在怀里，骄傲地看着格蕾特。

"他可爱吧？"她一边问，一边坐下来，把乳头放进婴儿的嘴里。

"当然。"

格蕾特好奇地观察着那皱巴巴的小脑袋，跟所有婴儿一样，后脑勺还没长头发。她笑了。

"我也期待着我的孩子。"她悄悄说。

一道阴影落在那位母亲脸上。

"我们结婚十一年了，"她自言自语道，"然后我丈夫在办公室遇见了一个年轻女人——"

她抬起目光，看着格蕾特的眼睛。

"我还是想不明白，"她说，"他真的再也不会回来了。让我来处理一切。他说：'把房子卖了就行，你就会有一笔钱了。'他明知道我对这种事毫无头绪。你甚至不了解自己嫁的是个什么样的人。"

格蕾特低下头，仿佛受到了无形的打击。

"不是的。"她轻声说，心里感到痛苦。她好想回家。

两个男人走下了楼。他们在门口热烈地窃窃私语，随后出现在门廊处。房产经纪人大口抽着雪茄。

"您愿意降到两万，"他看着那位母亲说，"当真吗?"

"现金付款,"看她没有回答,他又加了一句,"那套公寓不错——有两间卧室和一间书房。很实惠。"

这是一次置换。

丈夫靠在门框上,估量着房间的大小。

她抬起头,做了个条件反射的动作,捂住自己的胸部。许多想法在她的脑海中盘旋。你不能相信任何人。房产经纪人会拿到价格的百分之一,所以他一心想着完成这笔买卖。他不关心首付。他不喜欢她。她对他做了什么?要是孩子们没说那些话就好了。很尴尬。但小孩子不明白。他们只是不想离开这栋房子。他们是在这里长大的。他们在这条街上有朋友。他们没有袜子。杂货店的账单越积越多,各家商店都开始抱怨了。他们都盯着她看,和房子里这两个男人的表情一模一样。无数人在她的房子里走来走去,仍然不肯买。但愿她儿子不会跑来告诉他们,下水道经常倒灌,会淹没地下室。两万也是一大笔钱。她筋疲力尽。她被一个男人抛弃，又要依靠其他男人，他们看着她，就好像她是个残废，就好像他们能感觉到他为什么离开她。孩子们也不听话。有时，他们会用同样的表情看着她。

她深深叹了口气，抱着婴儿站起来。

"如果您认为这个价钱合理的话。"她说。

房产经纪人的脸藏在烟雾中。她在婴儿床边俯身，给婴儿盖好被子。

两个男人在她背后向彼此眨了眨眼。格蕾特垂下眼睛，仔细抚平衣服上的一条折痕。房间里充满了紧张的气氛。

"但您知道，我本来以为会拿到两万五。"

那位母亲站了起来，用手背拂开额前的头发。她看向怀孕的妻子，仿佛在恳求，但年轻女人把目光移开，似乎与她对视会带来危险。她的耳朵嗡嗡作响。她丈夫已经决定了！她再也不用跟在她无法忍受的经纪人身后，在陌生的房子里走来走去了。为什么埃纳尔会同意欺骗这个可怜的女人？他们一直打算出两万五首付的。但也许他们并没有骗她。他们是男人，知道商业交易是怎么回事。房子粉刷、修补一番后，应该会很不错。这个女人和她的三个孩子会喜欢他们的小公寓吗？她的心跳得很快。"你甚至不了解自己嫁的是个什么样的人。"对她说这种话真是奇怪。对一个人适用的，不一定对其他人也适用。

"约定本来是那样的，"女人沮丧地说，"我不知道该说些什么，因为我找不到人商量这件事。"

房产经纪人搓着手，仿佛准备跳进一池冰水。

"所以我才在这儿嘛，"他说，"我只是在为您着想。"

他抱歉地耸耸肩。

"这对年轻夫妇出不起更多钱。"

"行吧，我明白了，"她轻声说，"那我想我也只能接受了。"

经纪人从嘴里抽出雪茄，突然变得活泼又高效。他让大家围坐在房间中央的桌子旁，然后从文件夹里取出文件。

"你们在这儿签字。"

他递给年轻男人一支自来水笔。他们公事公办地聊着，近乎得意。"优先级""估价""按揭"等字眼在两个沉默的女人周围飘荡，她们各自坐着陷入沉思。

一切都安排妥当后，房产经纪人面带满意的神情，打量着这对漂亮的年轻夫妇。幸福的人啊，他想，心里有种愉快但模糊的感觉，觉得自己扮演了他们恩人的角色。丈夫很快起身。他觉得空气很糟糕。格蕾特看起来有点苍白。

"再见。很高兴和您做交易，"他握着房主的手，相当正式地说，"我明天就把支票寄给您。"

格蕾特试图跟坐在地板上玩玩具厨房的小女孩道别，但她生气地瞪着她，把两只手放在背后。

格蕾特不好意思地转过身来。她想看看楼上什么样，但两个男人似乎急着离开。

他们在院子里停下来，又看了看房子。

他搂住妻子的肩膀。

"怎么样，"他温柔地说，"你开心吗？这是笔好买卖，相信我。"

她低下头，用鞋尖蹭着地面。

"你为什么不给她她要的价格呢？"她问，"我们有钱。"

两个男人痛快地大笑起来。

"女人啊。"房产经纪人居高临下地说。

太阳要落山了。阴影落在砖墙上。她突然感到体内泛起一阵恶心。她靠在丈夫身上。

"您能为我们俩着想，真好。"她说。

"是为我们三个。"他微笑着纠正她。

房产经纪人歪着头，像只深情的小鸟。

"年轻人啊。"他感动地说。

随后他笑了起来，他那无缘无故的怪笑，像个半瘪的球，顺着门前的走道滚了下去。

三个人向车走去。

窗帘后面，那位母亲看着他们离开。

鸟

她让出租车停在老年公寓外，让司机等一会儿。没过多久，她带着母亲一起出来，扶她上车。她报了医院的名字。很远。

"真没理由让你来一趟，"她母亲叹了口气，顺从地说，"我打电话给你的时候还在想，也许阿斯格会有时间开车送我过去。"

"他经常在办公室加班。"

薇拉能从自己的声音里听出不太友善的意味，于是用更柔和的声调补充说：

"我们都很忙。幼儿园的助教生病了。但也许他今天会感觉好一点。"

"那挺好的，但我有些怀疑。"她母亲说。

她一生都在做最坏的打算。

街灯的强光短暂地照亮了她母亲的脸。帽子斜戴在她的白发上，她的头不住地微微颤抖。薇拉知道这是硬化症的表现。她母亲却说是因为紧张。

"昨天，维利见到他父亲时，真的吓了一跳。"她说。

她的声音听起来有点得意。

"后来他说，他从来没见他这么低落过。他和阿斯塔都很乐意开车送我去。但今晚他们受邀外出了，所以不能来送我。"

阿斯塔是薇拉的嫂子，维利的第三任妻子。薇拉也结过三次婚。但这一次，她想，维利走运了。阿斯塔是个很好的人，而且她崇拜他。

"你知道我没有驾照，"薇拉用疲惫的声音说，"而且我晚上一出门，奥勒就很不高兴。"

奥勒是她最小的孩子，现在已经七岁了，是她年纪挺大时生的。

"我很清楚，"她母亲喃喃地说，"可我不是有意让你叫出租车的。"

"没关系。"薇拉勉强说道。

她在出汗。他们到底为什么要把他送到市里最远的医院？最重要的是，她为什么不能牵着母亲的手安慰她？她们各自坐在后座的两个角落里，只有外套互相接触。维利会做那样的事。他会搂着她的肩膀，逗她笑。维利一直是家里的骄傲。他是个聪明、漂亮的孩子。他青春、活泼的性情是从母亲那儿遗传来的。他们还小的时候，母子俩之间弥漫着一种欢快的氛围，而她和父亲却不是其中的一部分。他们各自为营。薇拉不记得和父亲有过真正的对话。她长大后，对话成为可能，他却已经开始聋了。而且，他们本来会聊些什么呢？他比她大四十岁。在她眼里，他一直是个老人。住在家里的十四年里，她一直和他们同住一间卧室。她见证了那么贫瘠、可怜的婚姻生活，因此不明白为什么他们仍然离不开彼此。上帝啊，他们那吵架的样子！她可怜的父亲总是不得不屈服。嫁给一个大自己十岁的男人可能更明智。那样也许还有可能抓住他的心。薇拉的几任丈夫都比她年轻——

"我们很久没见到阿斯格了，"她母亲从她那边的座位说，"他没生病吧？"

薇拉的心跳加快了。童年时代的那种焦虑爬上她的心头。她能感觉到母亲审视的目光。

"天哪，没有，"她立马回答，"他非常好。只是在协商工资的事情，占用了他所有的时间。"

只需要说一些母亲不明白的术语就行。

"你可以想象鲁菲有多想她爸爸，"她母亲用一种密谋的语气说，"我整个下午都得照顾她。"

鲁菲是他们的鹦鹉。他们养过好几只鹦鹉，总是给它们起名叫"鲁菲"；到了"会坐会挠"的年龄后（母亲用厌恶的语气这样说），它们总是会被卖掉或杀掉，这让她父亲很伤心。

"现在试着表现得高兴点，妈，"两人沿着医院长长的走廊走的时候，她说，"这会让爸爸开心起来。"

她采取的态度就像父母对待难以相处的孩子。她真的为老头子感到难过，也有充分的理由希望他恢复健康。此外，她叫车接送母亲大约要花四十克朗。最近她不得不紧盯着开支。

他躺在床上，那张饱经风霜、凹陷的脸转向门口，薇拉看见他时，心里一阵刺痛。似乎自上周以来，他又瘦了一圈。她最近一次来看他，是在手术后的第二天，从那以后他的皮肤开始变黄。他的眼白也泛黄了。不过，亲吻妻子的双颊时，他真诚地笑了。完了之后，他才注意到薇拉。她笨拙地拍拍他的脸颊。

"嗨，爸爸，"她喊道，"你看起来精神不错。"

"你说什么？"

她更大声地喊了一遍。他用胳膊肘撑起身子，露出痛苦的表情。

"我感觉很好，"他说，"我觉得过几天就可以回家了。"

他的呼吸非常急促，母亲在椅子上坐了下来，忧心忡忡地注视着他。她抬头看了看他床头的显示器。

"他情况很糟，"她对薇拉说，"心率到 80 了。"

"这很正常，"她恼怒地回答道，"他甚至都没发烧。"

不知道再对他说点什么的时候，薇拉就乐呵呵地笑。这是一间双人病房。另一张床上躺着一个男人，张着嘴，两眼直直盯着天花板。她母亲说，他几乎总是这个样子。他是从精神病院转来的，还要回去。没有人来探望过他。

她父亲躺回枕头上。他们从他髋部切除了一个肿瘤。医生告诉维利，肿瘤是良性的。但他们也许总是对家属这么说。他们还说，考虑到他年事已高，手术已经算是很顺利了。

"你们怎么来的？"他用微弱的声音问。

"打车，"母亲在他耳边喊道，"我跟薇拉说太贵了，但阿斯格没时间开车送我们。你知道我对有轨电车的看法。"

"好吧。"他轻声说，略带责备地瞥了一眼薇拉，她正靠在床脚站着。

"你妈总是糊里糊涂的，"他努力抬高嗓门说，"晚上在市里找不到路。她又受不了有轨电车。"

"谢天谢地有维利和阿斯塔。"她母亲说着，摘下了帽子。她的头开始抖得更厉害，仿佛它的稳定器被拿走了。

病房里很热，薇拉解开外套扣子。回家的时候，她怎样才能避免请母亲进屋喝杯咖啡呢？上次是维利搞定的。她母亲受不了一个人待着。她到半夜才上床睡觉，还要开着灯。

老头子打起了瞌睡。他的嘴唇后缩，露出一颗颗黑色残牙，它们再也无法咬合。他的胸膛吃力地呼啸着。

"天哪，"她母亲在眼镜后面擦干眼泪，"他快不行了，薇拉！你没看见他脸色有多黄吗？"

"有一点黄疸是正常的，"她说，并不关心这种说法是真是假，"别让他看到这让你有多难受。说点让他高兴的事，讲讲那只鸟。"

他睁开眼睛，没有意识到自己刚才睡着了。

"鲁菲想你了，"母亲做出明确的口型说，"她变得特别闹腾。她怀念能啄你胡子的日子。"

他干瘪的脸上露出笑容。

"是的，"他说，"那只鸟真是聪明。我们会留下她的，对吧？"

她母亲嘴里发酸。

"直到她老了,"她说,"你很清楚到那时会发生什么。"

看到自己的回答让他这么沮丧,她又把嘴凑到他的耳朵旁。

"埃米的女儿要离婚了,"她得意地喊道,"她丈夫有别的人了。"

"唉哟,"他满意地嘟囔着,"真的吗?她终于可以放下架子了。"

埃米是薇拉的表姐——她母亲的姐姐的女儿。维利和薇拉各自与配偶离婚时,她姨妈曾吹嘘说,这样的丑闻绝不会发生在她的埃米身上。这两姐妹总是在较劲。姨妈成功嫁给了一个技术工人,而她妹妹只能跟一个非技术工人凑合过日子。接着是孩子们之间的竞争。埃米嫁给了一个可靠的手艺人,而薇拉和维利的社会地位提高了;但后来他们离婚了,这根本瞒不住。或许埃米的社会地位没有提高,但至少她永远不会离婚。她一直是个好女孩。

从小时候起,薇拉就没见过埃米了。她都忘

了埃米还有个女儿。

"是啊,我总是这么对阿曼达说,"她母亲喊道,"没有人能幸免!"

她姐姐阿曼达八十六岁了。

薇拉感到精疲力竭。医院里刺鼻的气味让她恶心。只有晚上能探视真是太不实际了。她究竟怎样才能让母亲直接回家呢?

护士走了进来,把两位病人的枕头抚平。

"探视时间结束了。"她轻声说。

就在这时,维利走了进来。他身材魁梧,打扮得像是要去参加派对,黑色的头发上挂着雨滴。薇拉高兴得满脸通红,如释重负。维利肯定也考虑过这个问题。他会解决的。

"大家好啊,"他用洪亮的声音说,"你好啊,老爸,你看起来棒极了。"

他握住父亲软弱无力的手,看到父亲如此呆滞,他眨了几下眼睛。随后他转向母亲,尽职地在她脸颊上吻了一下。他越过母亲的肩膀,向薇拉露出安慰的微笑。

"嗨，小妹。"他说。

他把她的双手握在自己手里。

"我开车送你们回家吧，"他高兴地说，"先送你，然后送妈妈。"

虽然他说得很随便，但一种紧张的情绪立刻在他们和母亲之间蔓延开来。唯一的声音是他们父亲的喘息。他又睡着了。在外面的大厅里，访客排队走过。

他们的母亲戴上帽子，脸上露出屈辱的表情。

"我想去看看阿斯格和孩子们，"她说，"我不需要赶回家，家里只有空荡荡的房间。"

"啊，当然啦，"维利大声说，尽管他已经快五十岁了，但有那么一瞬间还是像个小男孩，"只是我还得回去找其他人。我是中途离开的——"

他挠挠头，避开薇拉的目光。

"妈妈要回家喂鹦鹉。不然鲁菲就太可怜了，她不习惯单独待着。"

三个人转过身，看着床上的男人，仿佛差点把他忘了。他用一丝微弱的力量回应他们不安的目光，这种力量是他很久以前，在面对完全无关紧要的事情时才会展现出来的。随后他又闭上眼睛，胸口的喘息声还在继续。访客的人流渐渐散去，护士再次出现在门口。

"探视时间结束了。"她厉声说。

"好吧，好吧。"他们的母亲可怜地说，头比平时晃得更厉害了。

"我回家去吧——既然维利想要这样——谁知道他还能和我们待多久呢——"

她把手伸到儿子有力的胳膊下。他们朝电梯走去时，他回头看了一眼薇拉。

两人相视一笑，松了口气。

小鞋子

  海伦妮一大早就醒了，觉得她的整个人生就是一次巨大的失败。她已经失去了对人生的控制。她将这种麻痹和压抑的状态归结于各种完全不同的原因，就像一只动物被困在陷阱中，先在一个角落里寻找出路，接着去另外一个角落。然而，每个日子都以令人信服的理由结束——她唯一令人信服的理由——那就是，她完全没法左右周遭的环境，无力改变自己的生活，也无力改变那些让她的生活如此失败的人。

  她丈夫在隔壁房间咳嗽，他翻了个身，床嘎吱作响。她回想起他们曾经在一起是多么幸福，多么相爱。自从他上一次把她抱在怀里，已经过去六个多月了，而那最后一次拥抱与以往所有拥抱都不同。现在她想，即便在那天晚上就已经很明显了，那是一种告别。他似乎用尽了所有力气，试图重新唤起旧情，却徒劳无功。后来，他用一种责备的沉默目光久久注视着她。

海伦妮觉得嘴里有一股灰尘的味道，也注意到自己身上散发出汗水和睡眠的气味。跟他一样，她已经不熟悉这些气味了。其他人无法忍受她时，她也做不到。海伦妮闭上眼睛，听见厨房里传来汉娜的声音。她正和两个孩子坐在一起喝咖啡，精神饱满、心情愉快，与此同时，儿子卧室里的唱片机播放着空洞的流行音乐。在这个难以相处的年轻女人周围，整天都吵吵闹闹的，海伦妮一直想解雇她，虽然还没什么行动。她对自己说，这没什么大不了的，但她躺着蜷缩在被子里，被这姑娘的存在激怒，自我安慰也起不到一点作用。她抱怨汉娜时，丈夫笑了，说她应该从喜剧的角度来看待这件事。"汉娜不是一个人，"他快活地宣称，"她是一种现象。"最近他心情很好，乐观向上，工作非常投入。海伦妮不再工作了。她曾经是一名儿童心理学家，很喜欢在精神科病房的工作，但后来亨里克向她解释，如果她不再工作，他们就能获得税收优惠，从那之后，他们的生活被搅得天翻地覆。现在她觉得，屈服于他那无可辩驳的论点似乎是个巨大的错误。一整天，她能做的只是控制自己的沮丧情绪。她甚至无法集中精力看书，对朋友们的陪伴不再感兴趣。她身边仿佛出现了一片孤独的区域，也许是她自己创造出来的。

八点了，汉娜正等着海伦妮在孩子们上学后起床，这样她就可以打扫卫生。她没有浪费任何精力在她性格中随和的一面上。海伦妮确定，那女孩知道她不开心，也许还知道原因。

就在她光着脚踩上冰冷的油毡地板时，亨里克打开他们卧室之间的门，走到两人共用的衣柜属于他的那一侧——巨大的衣柜塞满了整面墙——他开始在干净的衬衫里翻找一件，看都没看她一眼。不过，她还是能从他的后背看出来，他想说些好听的话。

"我要起床了，"他说，"你可以跟汉娜说一声。记得让她把那该死的唱片机关掉。"

海伦妮在床底下摸索鞋子。最近，他在身边的时候，她总觉得自己邋里邋遢，或者穿着不够得体。

"那样她就会开始唱歌，"她说，"我总不能割断她的声带吧。"

"很不幸，确实不能。"

他赞赏地笑了，仿佛她开了个玩笑，随后他走回自己的房间，衬衫搭在他穿着条纹睡衣的肩膀上。她突然想到，除了汉娜，他们从未谈过任何事情，就好像她是他俩之间唯一的联系。这听起来太疯狂了。

她穿上旧睡袍，沿着长长的走廊来到厨房。

"早上好，"她靠在门框上说，"我丈夫起床了，你可以煮咖啡了。能把唱片机关掉吗?"

汉娜抬起头，用她那双细长的绿眼睛看着海伦妮。她坐着，手肘支在桌上，手里捧着一个杯子。厚厚的针织毛衣凸显着她丰满的胸部。海伦妮不得不抑制住当场解雇她的冲动。她站在那里，直到女孩慢慢起身，脸上带着不知羞耻的微笑，流露出愚蠢的年轻人那种性优越感。

海伦妮认为，这是对被抛弃的年长女性露出的那种微笑，她被激怒了。

在去卫生间的时候，海伦妮被女儿的鞋子绊了一下。她拿起一只仔细端详，用手轻轻抚摸精致的红色皮革。鞋子不大——36码——高跟，敞口，鞋面较短，呈喇叭状。是那种有点做作和妖艳的鞋子，除了好看之外没什么用，只会让人扭动屁股，不过琳达穿着它走路没有任何问题。一想到十八岁的琳达，海伦妮无依无靠的心里就像有了一处避风港。她站在昏暗的走廊里，手中拿着那只女性化的小物件；对自己第一个孩子的柔情如同一剂膏药，在她痛苦的意识上蔓延开来。亨里克爱着琳达，很溺爱她，就跟海伦妮一直以来做的一样。作为继父，他按计划行事。他爱这个女孩，并极力试图掩饰自己对继子的反感。他们结婚时，两个孩子分别是七岁和四岁。她的第一任丈夫死于肺结核。这场悲剧从未真正渗进她的心中，她只能艰难地回忆起当时的某些细节。对她来说，过去似乎从来都不真实。

"我这会儿可以刮胡子吗?"亨里克礼貌地问,吓了她一跳。她没有听见他进来。

"当然可以。"她困惑地说。海伦妮感觉,亨里克先是看向她手里的小鞋子,接着看向她脚上的方头家居平底鞋——39码——早上她的脚总是有点肿,此刻正像老太婆的脚一样不雅地挤出来。这只是一瞬间的事,随后他便消失在卫生间里。她告诉自己,是她多想了,可这段毫无意义的插曲还是破坏了她脆弱的好心情。

她恍惚地走进餐厅,在那张会议桌大小的餐桌旁坐下,心里很难受,而汉娜正用夸张的动作摆放餐具,发出毫无必要的动静。海伦妮挤出一副不想说话的表情。无论汉娜说什么,都会让她感到焦虑不安,原因她也说不清楚。她不该请人帮忙做家务的。她不该被照顾,也不该因此依赖别人。更重要的是,她本不该四十岁,也不该有快成年的孩子。雇用汉娜是家里两个关键事件的结果。首先是亨里克晋升到了重要职位,他们以前朴素的生活方式与之格格不入。海伦妮不了解这个职位具体的职责，但它需要一栋更优雅的房子。通过亨里克的关系，他们在哥本哈根市中心买了一套七居室的公寓，卖掉了他们的小房子，请了一位室内设计师来装修，最后还雇用了汉娜，作为他们社会地位提升的鲜活证明。没有扔掉的家具目前放在汉娜的房间里，在从前装饰他们客厅的红色沙发上，不同的年轻男人会轮流或坐或倚。汉娜对男人毫不挑剔，显然她最看重的是数量。搬家后的六个月里，他们已经办了两场派对。和亨里克的同事以及他们完美、尖刻的妻子相比，海伦妮作为女主人的角色相当尴尬，因为她们似乎对自己丈夫的工作了如指掌。和买卖铁有关。海伦妮操持家务的技能几乎可以忽略不计，而汉娜穿着长裤出现，展现着她令人无法忍受的自我膨胀，觉得自己丝毫不比别人差。或许雇用汉娜就意味着他们婚姻的终结。

"我在想，"汉娜将一盘面包放在桌上，俯身对她说道，"我们能不能为阿尔及尔的援助组织筹些衣服。琳达和莫滕都有很多从来不穿的衣服。琳达的鞋多到她这辈子都穿不完。莫滕和我刚找到一堆他穿不下的毛衣和袜子。他认为这是个好主意。他真是个无私的孩子。"

汉娜用一些高尚的人文主义思想，在他们家里发动私人的阶级战争。

她和莫滕为什么要在阿尔及尔的问题上合作？不，你没法影响正在发生的事。汉娜站在她身边，年轻气盛，充满工人阶级的怨恨和自以为是。海伦妮把茶匙放在杯子边缘。她往后挪了挪椅子，以避开女孩压迫性的存在。

"去吧，收拾些衣物。"她冷冷地说。

汉娜坐下来，眯起眼睛看着她。

"你知道吗？"她尖锐地说，"如果无法立即得到援助，一百万人就会死去。"

显然，一百万人会死去是海伦妮的错。

亨里克走过大厅去穿衣服，身上散发着须后水和发胶的香味，这提醒了海伦妮，在他们一起吃早餐之前，她得洗个澡。

"是的，我明白，"她推开椅子站起来，"在此期间，把咖啡准备好。"

海伦妮一时冲动，打开莫滕房间的门走了进去。这是一个男孩凌乱的房间，里面有一台唱片机、一台照相机和三脚架，还有许多孩子气的小玩意儿，比如笨重的木剑、一把便携小刀、柜子上积满灰尘的蝴蝶标本，以及一个自制的化学实验仪器。墙上满是用透明胶带贴起来的抽象绘画，完成度不一。窗帘是室内设计师挑的，被脏手染上了个人风格。地板中央果然放着一堆不要的衣服，海伦妮坐在儿子没有整理的床上，盯着它们。汉娜端着咖啡壶昂首走过，从敞开的门外向她投来得意的一瞥。海伦妮将头转向窗户，目光落在墨迹斑斑的书桌上一本翻开的书上。一股奇怪的焦虑在她心中打转，她走过去把书拿起来。一本《爱情百科全书》，扉页用清晰的草书写着汉娜的名字。她究竟为什么要把这样的书借给一个十五岁的男孩？莫滕是在现代价值观的熏陶下长大的，对这些问题非常了解。汉娜二十二岁。难道……？

她把琳达的红色鞋子挪到一边，突然意识到

里面是干净的，也就是说，这双鞋是全新的。她没法拉下脸向丈夫要那些并非绝对需要的东西，但琳达可以。琳达会伸出小脚说："看到了吧，亨里克，这双鞋不能再换鞋底了。我在百货公司看到一双非常漂亮的鞋。"她让人无法拒绝。

晚上，他会和琳达坐在客厅里兴致勃勃地聊天，琳达的金色长发垂在他正帮她辅导的数学题上。他们没必要谈论汉娜。对琳达来说，汉娜根本不存在。最开始，汉娜有一两次邀请她和自己一起出去，都被琳达拒绝了。女儿能与这个人侵的外人自然地保持距离，海伦妮很佩服。琳达永远不会和管家产生矛盾。

海伦妮一边洗澡一边想，琳达的生活中从来没有年轻男人的存在，甚至连男孩都没有，真是奇怪！只有几个女友晚上来喝过茶——都是高中女生，之后亨里克会殷勤地开车送她们回家。她一直喜欢待在家里，满足于她的书和她编织的东西，满足于被轻轻拍一下脸颊，还有她可爱的少女卧室。不用汉娜帮忙，她也能让自己的卧室一尘不染。莫滕的朋友们只能待在他的房间里，而且没有人开车送他们回家。事情就是这样。海伦妮一直保护着儿子，姐弟之间涌现的嫉妒再正常不过了。

她盯着镜子里自己发青的面孔。那是因为被刺眼的荧光灯照着，而她从来没有精力去换掉灯泡。她突然想到，我们应该生个孩子的。她精疲力竭，把头抵在镜子上，听见汉娜在厨房里大声唱歌："告诉我，你为什么离开我？请回来吧，请回来吧……"亨里克在餐厅里跟着哼唱，海伦妮感觉遭到背叛，被疏远了。在这所房子里，她周围的每个人之间都发生着什么，就在她眼皮底下，而她被排除在外。有什么东西每天都在逼近。她走进卧室，迅速穿好衣服。一件系扣上衣和一条短裙。她的心怦怦直跳，但她拿出了最不舒服，也最不笨重的鞋子。是双黑色的尖头鞋，脚踝处有一根细带，鞋跟是中高跟的款式，有些弧度。她突然看到了自己的母亲。那时她们在一家鞋店，海伦妮正在买新鞋。她十四岁左右，入职第一份工作前不久。她母亲说："这将是我们给你买的最后一双鞋。"那一刻，她透过父母的眼睛看到了自己：一个消耗他们的人，一笔他们不再需要支付的费用。从那天起，她和母亲的关系就不太好，她为能和自己的孩子建立起更温暖、持久的关系而自豪。但她真的做到了吗？你真的能了解自己的孩子吗？

她坐在亨里克对面，观察着他那张精致而略带倦容的脸，以及他那烟熏色的眼袋。她突然意识到，自己根本不了解他。

"我在莫滕的房间里发现了一本关于性的书，"她低声说，"汉娜借给他的。我觉得他俩在一起瞎混的时间太长了。"

亨里克笑笑，咬了一口面包。

"你只是嫉妒，"他说，"如果她引诱他，那也是正常的。家里的儿子和女佣上床是古老的传统。"

他的眼神突然像蛇一样，仿佛在估量自己给她造成了多大伤害。他恨我，她目瞪口呆地想。

"他只是个孩子。"她不确定地嘟囔道。

"他快十六岁了，"他淡淡地说，"如果母亲们能意识到，即便自己的孩子还在上学，也正在长大成人，这样会避免很多悲伤。"

"他可能会爱上她。"她困惑地说，又沉默下来，因为这对话像是在谈别的事情。

亨里克只是耸耸肩，站起来，把椅子推到桌下。她也起身朝他走去，跟着他走到门口，就像以前两人之间一切都还好的时候那样。

他费解地盯着她的脚。

"你今天早上为什么会穿正装鞋？"他问。

不等她回答，也没有说再见，他径直离开了。

她沉进椅子里，望着窗外。十一月灰暗的光线刺入她内心深处，衬托出她苍白的绝望。汉娜迈着做作的步伐走进来，开始把杯子收到托盘上。

"我可以拿走琳达的旧衣服吗？"她直截了当地说，"就像我之前说的，她的鞋子多到永远也穿不完。你丈夫给她买得太多了。如果我可以这么说的话，他有点太迷恋她了——"

她只用说这么多。

海伦妮的焦虑和绝望汇成了一股强烈的愤怒。她慢慢起身时，看到眼前出现一些红色的斑点，女孩下意识地后退了几步。

"你——你,"海伦妮结结巴巴地说,"可以收拾好你自己的破衣服,马上离开。我们不再需要你了。"

"天呢。"

汉娜立刻又镇定下来,她靠得很近的细眼睛里充满阴险的得意。

"我想要足月的工资。"

海伦妮没有回答,气冲冲地跑回自己的房间,猛地打开书桌抽屉,拿出支票簿。她在好日子里攒下的钱还剩下一点点。她用颤抖的手填好支票。

"给你。"

她没有回头,将支票递给身后的汉娜。

"现在去收拾东西,马上离开。"

这个让人无法忍受的人哼着小曲,大步穿过走廊,回到她的房间。海伦妮踢掉鞋子,伸了伸酸痛的脚趾,头伏在桌上抽泣起来。

你没法左右你的处境。你没法掌控自己的命运。你能做的,就是避开那些用言语煽动隐秘之事

（那些绝对不能被煽动的事）的人。

汉娜开着门打包行李，毫无顾忌地发出动静，以表明自己的态度。

哭了一场之后，海伦妮觉得松了口气。她把《爱情百科全书》递给女孩，仿佛它是撒旦之书。

"我的儿子，"她说道，"没有这本书也不会有问题。"

汉娜坐在她的行李箱上。

"那阿尔及尔的援助组织呢？"她坚持说，"你应该捐出那些衣服——至少是为了莫滕。他对这件事很上心。还有琳达所有的鞋子——"

"把地址给我，"海伦妮急忙说，她再也听不下去了，"我会捐给他们的。"

汉娜给了她地址，随后海伦妮穿过铺着地毯的门厅往回走，拿起琳达那双精致的小鞋子，走过餐厅的镶木地板。她僵硬地提着鞋，走进琳达整洁的房间，天花板刷成了与壁纸相配的嫩粉色；她让鞋落进衣柜底部，落在其他鞋中间，它们紧紧地靠在一起，就像一对对闺密在八卦难以置信的秘密。

最好笑的笑话

一天早上，他坐在床沿上。他要离婚了。他妻子正站在房间里的某个地方说话。关于她母亲和其他人的事。回她母亲家。她爱上了别人。早上七点，还没填饱肚子，浑身冰凉，就得去上班。他挖挖鼻孔，不明白怎么会有人在五年之内变得如此丑陋。也许她并不丑。也许她只是不会再对他产生影响了，不像其他女人那样。她们都不可能激怒他。她右脚的大脚趾有红肿的拇囊炎。为什么他们结婚后总是光着脚？如果他能让她冷静一秒钟，他就可以离开了。此刻，他穿着紧身睡衣，伤心地挠着下巴。他想：一个处在我这个位置的男人！她又哭又叫，双手举向天花板，仿佛只要她能穿上一双鞋，或许他就能对她说自己爱她之类的话。他可以中止离婚。但已经不重要了。他们是结婚还是离婚都不重要。他得给老板写一份致辞，一份祝酒词。睡前，他在一本书中寻找灵感，现在书就躺在他的床头柜上。那本书叫《一千个世界上最好笑的笑话》。世界上最好笑的笑话是他和女人的关系。如果他给朋友们讲这个，他们会笑死的。他有不少朋友，但他妻子不喜欢他们中的任何一个。他们都是些高大、吵闹、快乐的家伙，对女人不怎么上心。奇怪。他永远无法忍受和一个女孩在一起超过几个小时，而等她要离开时，一切总是太迟。他结过四次婚。他在婚姻之外有三个孩子。那些他没娶的女人给他生了孩子。他们对他来说没有任何意义。他不想看到他们中的任何一个。"孩子，"她抽泣着说，"如果我们至少有个孩子就好了！"这个想法太可怕了，就像一个人的胳膊和腿突然开始生长一样。他更喜欢收缩而不是扩张。首先，也是最重要的一点：他的头脑不灵活。为什么女人变化如此之快？接触十分钟后，她们总说他只是个大男孩。不久之后，他就会在姻亲的院子里来回荡秋千。真是个长不大的孩子，他们都喊道，将膝盖发软的他塞进一套早就为他准备好的公寓。一天早上，一个陌生的半裸女人会光着脚站在那里，尖叫着说她想离婚。就是这样。他的朋友们会喜欢这个故事的。他也一样。他是个奇怪的家伙，一只高大、可悲的昆虫，坐在那儿像蚂蚱一样挠着腿。

"你最好的朋友，"她说，"哈，喜欢给人戴绿帽子！你最好的朋友，你喝醉的时候总是和他坐在一起，抓着他不放！"患拇囊炎的红脚趾上上下下，他好奇地抬眼看她的脸，那张脸和拇囊炎一样红。"所以就是他？"他站起来向她走去。她咳得像喉咙里卡了只苍蝇。他清醒过来，精力充沛。"怎么回事？"他嘶哑地说，"在哪里？什么时候？你身上有吻痕吗？告诉我吧，亲爱的，告诉——"

那本有一千个笑话的书掉在地上。

"噢，"她高兴地说，"你这大男孩！噢——"

两个女人

当布丽塔像这样沮丧、紧张、焦躁不安时，即使重新摆放家里所有的家具，或者准备一顿复杂的晚餐，也无济于事。只有两件事可以缓解她的痛苦：去美容院或者去看医生。有时两件事都可以。当然了，得先去美容院。

这天是星期一，她是唯一的顾客。她走进漂亮的美容院，这里所有的东西，甚至包括吹风机，都漆成了柔和的颜色，香水和昂贵肥皂的芬芳迎面扑来，就像温和的麻醉剂。她突然意识到，这种美容院对女人的意义，或许就像酒吧对男人的意义一样。店里总是有人工照明，即便在下午还早的时候也是，她想，光是这一点，就已经让她感觉好多了。

没有人来帮她脱大衣，她在沉默中略感不安，自己把大衣挂在衣柜里一个粉红色衣架上。这时，一个蓝色的身影从里面匆匆走来；看到来人是通常给她做头发的小个子的米克尔森太太，布丽塔不禁笑着松了口气。但女人没有回以微笑。她看起来脸色苍白，而且——布丽塔不得不忍住跑出门外的冲动——她的眼睛红得厉害，好像刚哭过。这说不通啊，布丽塔想，我才是有问题的人。一直在哭的是我，不应该是她。我才是那个神经紧张的人，不知道有谁能理解我——

洗头发时，她闭上眼睛，柔软的指尖揉捏着头皮，让她几乎忘记了小美发师变化的举止。这是她体会过的最舒心的感觉。快要睡着的时候，她想起在海滩上度过的一个夏天，她遇到美妙爱情的那个夏天，早在她认识维尔纳之前。一个年轻男人躺在她身边，拨弄着她的头发，她的手指筛着温暖的沙子，感觉自己的身体张开、接收，被幸福的浪潮带向远方——可突然间，天空变得阴云密布，海滩上所有的人都消失了。她孤身一人，冰冷的雨水开始扑打她的头发。她小声尖叫着醒来：

"啊！水好冷！你在做什么？"

她惊恐万分，凝视着那张看起来和自己一样苦恼的脸，意识到出了什么问题，某件难以置信而可怕的事情，而她，布丽塔，原本是想来这里安抚自己紧张的情绪，但在接下来的几个小时里，她将不可避免地卷入其中。她可怜的心脏开始不安地狂跳。她必须跟医生提到这一点——她对别人的痛苦过于敏感。这就像一种疾病。她无力地左右摇头，以此回应美发师支支吾吾的道歉，然后，随着手指重新按在她头上，第二轮洗发水搓出泡沫，她又无奈地闭上眼睛。

噢，陌生的手指按得太用力了，没能再唤起任何更美妙、更梦幻的思绪。

坐在镜前时，在最能让人显得漂亮的灯光下，她的脸映在其中。不知为什么，镜子里她身后那个年轻得多的女人，脸色却显得更加苍白；她的好奇心压倒了其他所有情绪。

"怎么回事，米克尔森太太？"她同情地问道，

"这么沉默，可一点不像你啊。你不舒服吗？"

淡蓝色的瘦弱身影转身背对着她。布丽塔嫌弃地注意到，这女人后脑勺的头发乱成一团，暗淡无光。"昨天我丈夫离开了我——您想让我跟往常一样，把头发剪到齐耳的长度吗？"

这两句话之间几乎没有停顿，但正如布丽塔后来对人们解释的那样，看到两颗泪珠从年轻女人的脸颊上滑落时，她自己的心脏也几乎要停止跳动。

太过分了，真的很不公平，竟然发生在如此特殊的一天：她在最黑暗的情绪中醒来，身边是维尔纳在床上睡过后的凹痕，还残留着他的体温。她想要歇斯底里地大笑，因为她来到这里——不对，冲到这里——是为了忘却，是为了被空洞但熟悉、温暖的闲谈抚慰，是为了被美妙的气味包围，是为了被体贴的、几乎充满爱意的双手款待，然后——

"我真为你感到难过。"她说。尽管已经很努力了，但是她觉得自己的语气更适合这样一句话：

"这和我有什么关系？"接着，在无法抑制的刻薄冲动下，她凑向镜子，补充道："好的，就跟往常一样。我得说，我丈夫喜欢这个发型。"

几乎难以察觉地强调了这几个字：我丈夫。

她立刻后悔了，但看到美发师慢慢涨红的脸，她想起最近维尔纳在开车去剧院的路上，对她说的那句冷冰冰的话：

"亲爱的，我不是故意要羞辱你，但你就不能换一个更适合你年龄的发型吗？"

天哪，整个晚上都毁了，虽然他马上试图弥补她，说是因为他太累了，还有工作——她不明白为什么——占用了他所有的时间。接下来的几天里，她是怎么熬过来的？他们的孩子长大了，非常自我，他们不会理解的。老大伊雷妮笑着对她的朋友们说："请原谅我母亲。她正处于人生的转变期，就像我们一样！"这本应是一句非常有趣的玩笑话。但那是什么声音？她的心碎了！声音大得她自己都能听见。这句话竟然让自己如此诧异，对此她无法忍受，正如突然被关在这个对她了如指掌的陌生人身边一样。所有事情！她对这个人透露的事，连对自己最好的朋友都不会讲。而她误解了自己，完全滥用了对她的信任，以为可以接着倾吐她自己的私生活！就好像人们去美容院，是为了享受生活中她们希望暂时逃离的东西似的。

"你能不能——"她把手放在胸口，避免与另一个女人对视，"我觉得不太舒服。你能打开一扇窗吗？空气太闷了——"

她真的得马上去看医生。她的心脏痛得要命。她必须忍住，不能屈服于自己的敏感。她至少得为自己做到这一点。布丽塔恼怒地想道：想象一下，如果她把一切都告诉我的话。平时明明那么稳定的人，当不幸发生在他们身上时，为什么总是倾向于表现得这么戏剧化呢？"昨天我丈夫离开了我！"潜意识里，她从未把这个女人名字后面小小的"太太"一词，与她有丈夫的想法联系起来。

她身后这个沉默的人顺从地打开窗户，然后继续把她的鬓发固定好。这时她想道：我很好奇，如果维尔纳的理发师突然告诉他，自己的妻子离开了，他会怎么想！而且她非常肯定，维尔纳只会和他的理发师闲聊。有些情况只会发生在她身上。她太天真，太容易轻信别人。

她坐在吹风机下，而那个淡蓝色的身影去了里面的某个地方，消失不见了，但她感觉，仿佛突然有人紧紧攥住了自己的心脏。她大声呻吟，闭上眼睛，想要躲开某个可怕的东西，无论那是什么，它都像一只狡猾的动物一样潜行，随时准备伏击她。她不知道那是什么。她思绪跳跃，惊恐地远离它，但它又追上来，浓缩成一个短句，在一阵呜咽而难以辨别的喘息声中滑过她的嘴唇：我要失去他了！

然而，仿佛有某个未知的存在想要考验她的耐力（她没有别的办法来解释这些严重的情绪波动），或者想要逗弄她，如同孩子逗着小猫，她一说出这句话就觉得轻松了，又或许，这只是她想象出来的？她瞬间觉得快乐多了，或多或少就像她朋友们眼中的她：热情，冲动，充满有趣的想法，一旦她认识的人遇到困难，她总是立刻放下手头的任何事情，像救护车一样疾驰而来。

她深吸一口气，对着镜子里的自己微笑。噢，一离开这里，她真的会变成散发快乐光芒的灯塔。给孩子们和管家买礼物，准备一顿美味的晚餐，配上维尔纳喜欢的红酒。好好打扮自己，尤其是头发。不管维尔纳会说什么来逗她，她的头发依然迷人，充满光泽和活力，如同金色的麦穗，尽管她已经四十五岁了。她的头发就是不肯变老。她决定，就好像她刚刚才第一次想到似的，直接问他上周给他打电话的那个女人是谁。对方一听说他不在家，就挂断了电话。当然，这里面一定有个合乎情理的解释。她还真不知道有哪个已婚女性不会为偶尔发生的这种事魂不守舍。她一定是疯了，居然会想——不，这太可笑了。

她的心情变得轻松，镜子下面的架子上放着杂志，她开始翻看其中的一本；她的思绪又回到了小美发师身上：可怜的女孩，这么年轻漂亮——世界上还有很多男人等着她。

她看了看手表。今天来不及去看医生了。她为什么要去？她的心脏还能不规律地跳动，就跟年轻时一样，这或许反而是件好事。

当米克尔森太太——这个仍然沉默不语、红着眼睛的可怜女人——取下卡子，为她梳头时，布丽塔对着镜子里的她和蔼地笑了笑，用乐观的语气说：

"别这么不高兴，亲爱的。往好的方面想。你没有孩子。如果这种事发生在我这样的老女人身上，情况就大不相同了！"

她发出善意的笑声，但没有得到回应。

随后，她站起身来，为终于能溜走而松了一口气——她这辈子都不会再踏进这里了——她从柜台上抓起钱包，留下一笔丰厚的小费，像母亲一样紧紧握住女孩拿着钱的手。女孩的手冰冷，尽管店里很暖和。布丽塔赶紧松开手，仿佛被烫伤了。

"谢谢。"美发师说，微微低头致意，跟着客人走到门口。

"再见，女士。"她说。

她躲在门帘后面，看着这位留着愚蠢少女发型的女士离开，同时不自觉地攥住钱，将十克朗的钞票揉成一团。

　　她本想有时间好好哭一场，可今天美容院里只有她一个人，而下一位顾客已经进门了。

延续

　　他们的房子看起来如同切下的一块黄油——一个柔软的黄色矩形，很可能会融化或倒塌，也许到早上就会消失。埃迪特认为，它比其他房子更显眼。她从街角杂货店的香烟自动贩卖机骑自行车回家，一路上都没有人。北斗七星的柄朝下，正对着她。月光皎洁明亮，她经过公墓的尖顶小礼拜堂，它像一个容易损坏的立体剪影，孩子们用一层层薄纸做的那种。埃迪特下了自行车，打开沉重的花园大门。随后，她把自行车停好，背对房子站了几分钟，看了看星星、那条路，以及森林边上的树，森林像陡峭的悬崖一样拔地而起。她回忆起他们的西班牙之旅，在那里，她有生以来第一次看到真正的山脉，却失望地没有任何感受。为什么呢？那是她一直期待看到的山脉。她希望认识的人能路过，比如她的邻居。"晚上好，布鲁恩先生，"如果他停下来，她会说，"天气真不错!""是的，"他会回答，"九月底天气还这么好，真是难得。"如果能对一个碰巧路过的人说这样的话，会让她好受些。然而没有人经过。人们坐在自己放下窗帘的房子里，可能身边还有点燃的柴炉，因为天气很冷——她也会对布鲁恩先生这样说。实际上，一个人能就这种事情说的话是无穷无尽的。用这种欢快而乐观的声音对她的孩子、顾客或晨间管家说这些话时，她隐约抱着不确定的希望——一种孩子气的希望，宛如孩子急切的晚祷：亲爱的上帝，让一切都像以前一样! 让我爸爸回来!

埃迪特眼里噙满泪水，转身离开这个空无一人的世界，走进房子。她根本没买烟。她不想抽烟。她只是希望能遇到一个人，任何可以说话的人，让她能在对方眼中看到自己：埃迪特·约恩森，嫁给了助理教授克劳斯·约恩森，是三个孩子的母亲，移居到这座城市，但仍然因为友好的性格而被接纳——她真的被接纳了吗？没有人真正知道他们给别人留下了什么样的印象。同样，埃迪特也说不出别人对她产生了什么影响。只要女人有丈夫，就不需要真正考虑这样的事。她还有丈夫，因为他们仍然是夫妻。可是她丈夫——她静静地穿过房间，以免吵醒孩子们，然后坐在电话旁的躺椅上，眼睛盯着客厅，没有特别关注任何东西——她丈夫爱上了另一个女人，就在那一刻——晚上九点十五分——他或许正在对她说：你要耐心一点。这需要一些时间。我得考虑我的妻子和孩子们。不对，他会说，我得考虑埃迪特和孩子们。既然他们已经认识了这么久，自然会提到她的名字。

埃迪特觉得冷，但她太累了，不想起身打开取暖器，累到什么都做不了，甚至连赶走不安的想法也做不到。每天晚上都是这样，唯一有帮助的就是吃两片安眠药。它们像麻醉剂一样对她起效，在她入睡前的一个小时左右，她总是狂热地忙着为离婚后的实际安排做准备。但这些并不是她真正关心的。事情总会解决。如果有必要，她可以攒钱，这在目前确实需要。克劳斯说过，她可以按照她想要的方式生活，一切都会安排好，这样她和孩子们就什么都不用担心了。每个人都会觉得他很伟大吧！她这样想着，没有觉得苦涩，但也并不觉得他有多"伟大"。她担心的不是这个。她回去工作没有任何问题，他们也完全不需要依赖他。

埃迪特坐在他所谓的"工作间"里的办公桌前。所有文件和积了一个月的报纸上都落满灰尘，任何人都不能碰，哪怕对他来说它们已经没有用处了。她找到一张黄色的羊皮纸，拉开装满铅笔和钢笔的抽屉，突然意识到，自己从来没能告诉任何人丈夫是做什么的，这太奇怪了。她当然知道他是一所国立大学的助理教授。除此之外，直到四个月前，每个星期一的早晨，他都坐在这里为一本杂志写文章，杂志的名字她已经不记得了，写的都是有人打电话告知他的主题，除非他带着稿子离开，去坐十一点的火车。他不再写的那些文章一定赚了些钱。既然他在和一个二十多岁的女人搞婚外情，不可能一点钱也不花，未付账单的数量不断增加的原因也显而易见。

安眠药开始起效了。她打了个哈欠，稍稍放松了警惕。她为什么要关心那些未付的账单？虽然它们还是挺重要的。他的状况肯定不太好，她那一丝不苟、尽职尽责的丈夫，有那么一瞬间，她对他满怀奇怪而客观的同情。在她略微模糊的意识中，闪现出她丈夫——供养她的那个人——不为人知的世界。报税、账户、舞蹈学校、一件不得不推迟到下个月买的儿童外套。墙壁上因为潮湿而逐年向上延展的斑点、棚顶上松动的瓦片——所有这些总有一天要处理，这些日复一日困扰着他的事情，这些他永远做不完，永远也不会忘记的事情。他会把房子留给她和孩子们，在月光下像一大块黄油的房子，可以改变形状，可以被切片、舀出、用光。而现在，不把东西用坏突然变得很重要。它们必须受到保护，保存并包装起来，仿佛哪怕是一瞥都会伤害它们。想到总是用黑布盖着的坐垫，想到小心翼翼地把阳光挡在外面的客厅，让整个世界总是处于昏暗之中，她体内就会升起熟悉的恐惧。还有她放学回家时，如果裙子破了一道口子，或者一双鞋再也无法通过换鞋底来拯救，她母亲脸上露出的表情，仿佛最后的灾难即将来临。但事实并非如此，对吗？那只是孩子眼中的事实？

埃迪特伏在书桌前，金色的头发从脸颊旁垂下，像鸟儿的两只蓬乱的翅膀。她用稚气而庄重的笔迹写道：一所房子，可能出售，首付大约两万克朗。

然后她停笔，看着写下的数字。为什么钱能让人感到宽慰？钱是其他东西的替代品吗？抛弃家庭的男人，羞愧地将一袋钱从肩头扔给家人，头也不回地离开。他们为自己的自由付了赎金，但在侧边的小房间里，一个孩子正跪着低语：亲爱的上帝，请让我爸爸回来。客厅已经换上了一种难以描述的新风格，每个地方明显只有女性留下的痕迹，她母亲坐在那里为未来做着打算。他"一劳永逸地"给了她一笔钱，用于孩子的教育，这样他们的女儿就不会陷入类似的境地了。这是世界上最重要的事——而父母，埃迪特想，被骄傲蒙蔽了双眼，相信他们真的知道什么对孩子最重要。直到现在，她心中还残留着往日的怨恨。因为，难道她不是正确的吗，以一种隐晦而无法解释的方式？一天早上，母亲对她说：小埃迪特，爸爸离开我们了。世界从此不再完整，她一直在寻找他。她觉得自己在各个不同的地方都见过他，但当她上气不接下气地追上去时，发现那只是个陌生人。而如果当时没有发生那样的事，现在这一切都不会这么可怕又致命。也许这一切根本就不会发生，因为父母担心发生在孩子身上的事，或许正是孩子不可避免被吸引去做的事，只是他们自己不知道，本来也无意这么做。而因为这一切都是一种延续，埃迪特知道，孩子们会永远暗暗怨恨她。无论她告诉她们原因是什么，她们都会认为是她的错。她们会永远认为，父亲正试图从某个未知的地方联系她们，而她们的母亲，用成年人可怕的全能之力从中作梗。

埃迪特把纸推开，一动不动地坐着，手肘放在桌面上，双手抱着头。她盯着海绿色的窗帘，她所在的房间就像一座光的岛屿，在风暴肆虐的黑色大洋上航行。她独自一人，没有丈夫，没有孩子，没有未来。随后她又想起那座山脉。

"太神奇了。"克劳斯当时兴奋地说，还说他一直都知道，人们第一次与一座真正的山面对面时，一定会非常感动。他有什么感受？真奇怪，她当时并没有问他。我们对最亲近的人内心发生的事毫无兴趣，可能是许多问题的根源。

她的眼睛开始合上，她只能费力让它们睁开。一个念头一闪而过：她觉得自己正变得越来越像母亲。这让她对自己的脸产生一种恍惚的好奇。她惊讶地发现自己竟然没有注意到，她的鼻子到嘴巴之间有了深深的法令纹，下颌肌肉极度紧张，还有松垮的双下巴。她母亲一定很孤独。为什么人们不明白，父母与自己过着不相干的生活，等他们想起来问父母过得怎么样时，已经太晚了？不知不觉中，整件事被隐藏了起来，世界上最重要的事情永远无法触及。微小的希望焦急地穿透围绕着她想法的黑暗。如果她告诉孩子们真相呢？父亲对一个女人的爱，对三个孩子的温柔，会淡化为良心上的一点刺痛，因为偶尔——这必定会发生——在街上、电车或火车上，他会看到一个小孩像自己的某个孩子。要告诉她们这样的真相吗？随着每一次拥抱、每一个激情的夜晚，这种痛感逐渐减弱，最后在一个年轻、美丽的女人身上散发出的可怕力量中彻底消失。但世界上有哪个孩子能够理解，他们的父亲并不在乎他们？她理解过吗？

此刻，埃迪特趴在凌乱的桌面上。她的头枕在一只臂弯里，她听到耳朵里有微弱的铃声。她想起家里的电话，因为最后一笔费用还没付，电话停机了。孩子们分别六岁、八岁、十二岁，都爱着她们的父亲；对她们来说，把即将发生的一切归咎于母亲，总比知道真相要好。真相到底是什么？有那么重要吗？最重要的事情，埃迪特想，是一个人看到山脉时会有什么样的感受。最重要的东西可能正是你永远无法拥有的。那是所有幸福的所在。克劳斯幸福吗？她开始哼一支曲子：我的女孩亮如琥珀……这是他那天早上刮胡子时唱的，歌声高亢又快乐。他似乎非常高兴，甚至无法掩饰。孩子们在卫生间里和他嬉笑打闹。曾有一次，埃迪特的父亲把她高高地举过头顶，她低下头，注视着他明亮、乌黑的眼睛，即便还不知道该怎么用语言形容，她也明白，在那一刻，高大、温文尔雅、忧郁的父亲比她以往见过的任何时候都要幸福。当然是因为她，他才更开心的，是因为他的小女儿，他的掌上明珠，还能有谁呢？这是她对他最后的记忆。她再也没见过他。她当时多大？六七岁吧。在仇恨的帮助下，你熬过来了，恨意在你的脑海里燃烧，像一团高大而清晰的火焰，让绝望远离你。她母亲恨那个女人，孩子恨自己的母亲，这就是童年。三年前，母亲死于癌症，而现在，埃迪特三十五岁了。等她心里准备好和解时，或许已经太迟。一切都与那山脉有关。

埃迪特站起来，开始慢慢脱衣服。她睡在他的办公室里，自从他对她坦白后，她就一直在那儿睡。她希望自己能恨那个女孩，把她看作一个从妻子身边偷走丈夫、从孩子身边偷走父亲的人。但她没有，这其实是因为，当他们身处灼热的阳光下，站在那条尘土飞扬、凹陷的窄路上，凝视着炙热的沙漠另一边高耸的绵延山脉，以及稀疏、矮小的橄榄树时，她只想到了自己。她被深深的失望和悲伤压倒。她感到疏离，这趟旅行只是徒劳，她一直在寻找不属于她的东西。随后她看着丈夫欣喜若狂的脸，心想：我根本不认识他，他是个陌生人。这就像她小时候追赶以为是自己父亲的男人一样，在人群中穿梭，心脏因喜悦和恐惧而怦怦直跳，最后却发现自己认错了人。他们旅行回来时，她的爱意已经消亡。事情一定是这样发生的。否则她为什么会如此平静地接受这一切？因为在一天中，除了从孩子们上床睡觉之后，到他结束不为人知的享乐回家之前——除了这段危险而短暂的时间，她确实平静地接受了。他们平静地讨论，一致认为没必要仓促离婚。没有眼泪，没有争吵，没有仇恨。现在她觉得，自己几乎一直在等着那一天。

它的来临如同一件无法避免的事，如同一件

注定属于她失去的丈夫的事，如同一个她无法解开的谜语，如同一团缠在一起、令人绝望的针线。她一定忽略了无数警告和微小的信号，细心的女人知道如何解读它们并做出调整，以避免即将到来的危险。但埃迪特完全被她的家、孩子和女友们，以及她自己鸟儿般叽叽喳喳地和那些她一点也不感兴趣的人聊天耗尽了。待客，育儿书籍，关注孩子的饮食、牙齿和灵魂。在那次失败的旅行之后，她只真正通过孩子们生活过，通过她们的眼睛看到现实。孩子们的现实。她们三个都很像她。浅色的皮肤和头发，鼻梁周围有金色的雀斑，性格友好、从容不迫。她经常拿她们和自己小时候的几张照片比较。克劳斯心情好的时候会说：我的四个女孩今天怎么样？但有时，他似乎忘了她们。埃迪特认为这是因为他很忙。她什么也没看见，什么也没注意到。他早上出门，晚上回家，和其他所有男人一样，如同钟摆在两个方向之间摆动。一个年轻的女人遇见了他，了解到一些他的事情，埃迪特早已忘记的事情——或者也许是她从未了解过的事情。因为我们只会让别人展现出我们自己需要的东西。

埃迪特铺好沙发，爬到被子下面，像婴儿一样蜷缩起来。她想：为什么那趟旅行我们一定要去呢？可她和他一样期待不已。他们攒好了钱——那是在买这栋房子之前。孩子们被送到他父母那里。她对那趟旅行的记忆少得不可思议。克劳斯在途经法国的火车上睡了很久。有一次，她仔细地打量他，惊讶地发现他显得那么苍老、疲惫。她握住他的手，抚摸着它，被一种母爱般的温柔触动。她在他耳边低声说，很快，很快他们就会站在渴望已久的蓝色山脉前，他们会忘记日常生活散落在他们爱情中的所有灰色尘埃。那时候，说这样的话是很自然的。他们与彼此分享自己的期望。他们一起做了所有事情。他们几乎是幸福的。

突然，她在昏暗、嗡嗡的寂静中低声呢喃：我希望他早点回家！她的上唇开始微微颤抖，她发出一声深深的叹息，就像孩子们在漫长而疲惫的哭泣后发出的那种叹息。安眠药已经不管用了；如果她对抗睡眠的时间足够长，它们就不再起效。她被一种强烈的冲动攫住，她想告诉他，看到那山脉时，她没有任何感觉，她也不知道他有什么感觉。这不是她的错，而且如果他不留下，那三个孩子，那三个小女孩，也会像她一样。没有永恒的爱情，他都快四十四了，而且——

她心跳加速，坐了起来，听着街上的动静。一把钥匙插进锁里。他回来了！她悄悄下床，蹑手蹑脚地走去客厅，但他已经上楼去卧室了。埃迪特穿上居家长袍，她不知道自己要对他说什么，只是光着脚跟在他身后，她打开门时，他正拉下肩上的背带。他的外套已经搭在椅背上了。他惊讶地看着她，张开嘴，想说点什么。可她似乎害怕他即将说出的话，于是急忙结结巴巴地说：

"对不起，我没想到这么晚了。"

他对她尴尬地笑笑，停下了脱衣服的动作。

"我知道，"他说，"总是比你想象的晚。"

尽管他这么说可能没有任何特别的意思，但多年来，他的话一直在埃迪特心中回响，直到三个小女孩长大成人，结了婚，出于责任偶尔来看望她们离婚的母亲之后许久，仍在回响。如果能看到真正的山脉，她们的内心会有什么变化吗？埃迪特永远不会知道。

邪恶的幸福

　　我十七岁时，我们搬进了一套三居室的公寓，位于我母亲称为"更好的社区"里。每月的租金比我们之前住的两居室公寓要贵二十克朗。我父亲确信这会把我们压垮，母亲却坚信我们必须搬家。她没有为自己的想法做任何解释，我父亲也无法反抗。不久前我哥哥结婚了，只是为了离开这个家。也许我母亲认为，如果我有了自己的房间，就会在家里待得更久。然而，和旧公寓中我的房间一样，我的新房间也并不完全属于我。只有当我睡在沙发上的时候，它才是我的，这套沙发曾经放在我父母的卧室里。我的房间和我母亲称之为"客厅"的地方仅一帘之隔，客厅是为访客准备的。然而，除了安娜姨妈[1]，从来没有人探访过我们。在我的童年时代，她是最可爱、最欢乐的人，但那时我只对年轻男人和诗歌感兴趣。我母亲认为，这两样都是我们家的敌对分子。我所有的诗都是关于爱情的，她拿到其中的一首时，立刻哭了起来，说她无法理解我是从哪里接触到这么恶心的想法的。

公寓在街角的一栋楼里，临着一条看上去确实还算体面的街道，街边阴暗的外墙上刷了灰泥，流着鼻涕的小孩也比我们惯常看到的少了一些。街角有家咖啡馆，经常发生斗殴和骚乱。大楼另一边的街道和我们搬离的那条街一模一样。但我们以前住在后栋楼[2]，现在我才意识到，那对我来说是个巨大的优势。如今，母亲可以潜伏在我的卧室里，随时准备打开窗户，逮到我晚上和年轻男人回家，在前门和他温柔地告别。

"你可终于回来了！"她会喊道，"马上给我

---

1 这篇小说具有非常明显的自传性，安娜这个人物对应《哥本哈根三部曲》中的罗萨莉娅，是作者母亲的姐姐。

2 在那个年代，临街的公寓比较贵，称为"前栋楼"，院子另一端的公寓则较为便宜，也就是"后栋楼"。

进来!"

所有年轻男人都被吓得匆匆离开，我们甚至来不及约定下一次见面的时间。我进屋后（我们住在一楼），她穿着印花棉睡衣站在那儿，用毫无睡意的愤怒眼神盯着我。

"你越来越像站街女了。"她说。

尽管她不信上帝，也不信魔鬼，但她总是用这样的方式说话，有时还夹杂着《圣经》中的句子。我人生中从没像那时一样渴望过一件事——年满十八岁就能搬出去住了。我在一家仓库工作，打包锡盒，每天工作八小时。为此，我每周可以赚二十五克朗，我会把二十克朗交给母亲。吃过晚饭后，父亲会躺在沙发上打盹，母亲则会坐下来气冲冲地编织东西。虽然我父亲总会在晚饭后睡几个小时，但她把这当成对她个人的侮辱。她抱怨说，我哥哥从不回家探望，难得回来一次，却带着他妻子，我母亲便对她视而不见。我坐着翻报纸，鼓起勇气说我要和一个女友去看电影。这时，我们之间就会变得很安静，仿佛我咽口水都显得很大声。通常我会等父亲醒了才说这样的话。有时他会站在我这边，虽然我确定，事后他会为此付出沉重的代价。

后来，一连串事情同时发生了，但由于这些事发生的时候，我正深深地迷恋一个骑摩托车的年轻机械修理工，所以几乎没有注意到它们。首先，安娜姨妈的丈夫住进了医院。我们家很少有人提起他，因为他酗酒，而且由他妻子养着。安娜姨妈是个裁缝，在把一些做完的活儿送到她合作的缝纫公司后，她经常在回家的路上来看我们。每当她来的时候，她和我母亲笑得像两个小女孩，我母亲就像变了一个人。也许她以前就是这样的。也许她应该嫁给另一个人，过一种完全不同的生活。总之，我只在安娜姨妈来访时看到过母亲开心的样子。她是母亲唯一的姐姐。安娜姨妈总是戴着帽子，因为她只打算待"一会儿"，仿佛摘掉这顶帽子会与她最终待了几个小时才离开的事实相矛盾。我父母毫不掩饰地希望她丈夫死掉。他们是为了她才这样想的。对我来说，她的来访意味着我晚上更容易溜出去，因为这样我父母就有的聊了。她丈夫最终确实死了，在葬礼上，姨妈哭得仿佛被鞭子抽打了一样。我也哭了，天晓得是为什么，因为我从未见过他。之后我们去了一家相当不错的酒馆喝咖啡。不到一刻钟，母亲和安娜姨妈就因为童年的某件事笑得喘不过气来。姨妈的牙齿很漂亮，没有蛀牙，这在我们家很不寻常。我们离开酒馆时，我哥哥走过来对我说："丽莎和另一个男人跑了。我目前在拉斯列斯特洛德租了间房住着。"他说得好像这件事对他一点影响都没有似的，我以为情况确实如此。"别告诉爸妈。"他说，我答应了他。外面，我的机械修理工正在他的红色摩托车上等我，我在他身后坐下，没有和任何人道别，因为只要我母亲在安娜姨妈身边，她就会忘记一切。

姨妈开始更频繁地来我们家，这让我母亲的情绪变得平和，也给了我更多自由。我每晚和男生拥抱时，她不再执着于喊我回家。我的机械修理工名叫库尔特，我开始去看望他的父母，他们对我很友好。我俩在他父母家交换了戒指，所以我们是真的订婚了，我开始为从来没有邀请他到我家来而觉得尴尬。我不知道该怎么做。我母亲从不希望我们接触家人以外的人。她从来不想让我们长大。最重要的是，她不希望我们和异性联手。也许她从来没想过要孩子，也许她从未在这个世界上经历过自己真正渴望的事情。我无法向库尔特解释这样奇怪的情况。如果能绕过母亲联系到安娜姨妈，我本可以让她给我母亲讲讲道理。我姨妈没有孩子，尽管她爱我和我哥哥。然而我母亲总是确保我们和她没有任何直接联系。因为姨妈那酗酒的丈夫，小时候，我母亲从来不允许我们去看她。我甚至不知道她究竟住在哪里。

就在我一直思考着这个问题的时候，有一天，我母亲来我工作的地方接我。我能从她脸上看出发生了可怕的事。我们走在回家的路上，她告诉我，姨妈住院了。姨妈开始流血了，从母亲的暗示中，我明白她年纪太大，不应该再流血的。"所以肯定是癌症，"母亲用颤抖的声音断定，"如果她死了，我就没有理由继续活下去了。"在瓦尔德马加德街和英加维瓦街的拐角处，库尔特跨坐在他的摩托车上，满怀期待地发动了引擎。他总是在那里等我。我摇摇头，示意他不要暴露自己的身份，并为我母亲现在的样子生气，她沉沉地倚在我的胳膊上，仿佛她突然变老了，如果我挪开她，她就会摔倒似的。我也为自己比她高一头而愤怒。我的整个童年都让我愤怒。仿佛它永远不会结束。我们走过我未婚夫时，我的步伐变得僵硬而笨拙，他的红色摩托车和闪亮的皮夹克在秋天的阳光下闪耀。我的订婚戒指是分期付款买的，放在我的单肩包里。我没有勇气在家里戴着它。

不幸仿佛没有尽头，姨妈住院后不久，我父亲失业了。我母亲也发现我哥哥的妻子跟人跑了，于是她开始盘算着让他搬回来和我们一起住，认为我们的未来取决于此。她告诉我她的计划时，我都没怎么注意听，她让我去说服他。我总是等着机会去库尔特家看他，那里的一切都幸福而正常。但与此同时，我给一家杂志寄去了几首诗，因为我不想余生都只能打包锡盒。我觉得我不能再继续过两种

245

生活了，内心深处，我开始怀疑机械修理工是否适合做一位作家的丈夫。总之，我也不急于让库尔特来看望我的家人了。但情况本来也变得更不可行，因为现在父亲总是坐在我的沙发上读一本旧百科全书，而只有在晚上，我的房间才属于我。我们的钱只够给一个房间供暖，所以我们必须穿外套来保暖。我父亲的失业金和我每周上交的二十克朗，只够让我们把最深重的苦难挡在门外。再过几个月，我就满十八岁了，我渐渐意识到，唯一能拯救我的办法，就是让哥哥搬回来住。但他从不看望我们，一想到我们的计划，我就为他难过。在我对家人有意识地积聚起的冷漠中，这是我唯一保留的仁慈的感受。所以我一直推迟去拜访他租住的房间。

姨妈做了手术，医院的人告诉她，她很快就会完全康复，但需要护理和照顾，直到她恢复体力。她有可以一起住的家人吗？姨妈要来和我们一起生活，我母亲高兴得不得了，她被安置在我父亲的床上。他只好睡在冰冷的客厅里那张凹凸不平的沙发上，隔着薄薄的帘子，他的鼾声不断吵醒我，直到我习惯了。现在家里又多出一张嘴要喂，但事实证明这并不重要，因为姨妈病得太厉害，根本吃不下东西。母亲一直守在她床边，刚开始的时候，我们能听到不断从卧室传来她们熟悉的笑声、闲聊声。我父亲恢复了晚饭后睡上几个钟头的习惯，因为母亲责备的目光不再迫使他一连好几个小时坐着翻看那本旧百科全书。我想去哪里就去哪里。但我哪儿也没去，因为我收到了杂志的回复。他们想发表我的两首诗，编辑觉得"非常有潜力"。就好像随着魔杖一挥，这封信改变了我的整个身份，我的整个人生观。我突然意识到，我所爱的有关库尔特的一切，在我即将进入的精英文学圈里都是不合适的。没过几天，我就摆脱了热恋的状态，被杂志编辑邀请参加晚宴。在新得的自豪感创造的迷雾中，我收到了锡盒公司的解雇通知，因为经理抓到我在阁楼上用棕色包装纸写诗。我急忙跑去找编辑，他是个未婚的中年男人，那种喜欢被年轻人围着的类型。他安慰我说，我绝对可以靠笔杆子生活，如果我遇到麻烦，他一直将支持艺术视为自己的使命。

我不可能在家里提起这些。我父亲找到一份临时工作，开始在外面待到很晚。他大概是去了酒吧，因为在我母亲的世界里，他完全是多余的。就这样，我终于有了属于自己的安静房间，我读书，写诗，直到深夜。白天，我待在图书馆的阅览室里，我母亲会以为我在工作；我把发表诗作的稿费锁在一个针线盒里，盒子里镶嵌着珍珠母贝，是我哥哥在学徒时期做的样品，他送给我作为坚振礼礼物。盒子小而精致。打开盒盖便会播放一段旋律：为你珍视的一切而战……总之，这就是我随着清脆的旋律在内心跟着哼唱的歌词。

　　一天晚上，门铃响了，是库尔特；他穿着紧身皮夹克，戴着安全头盔，直截了当地要求和我谈谈。我让他进来，心里相当慌乱，这时我母亲打开卧室门大喊："快去叫医生。她痛得厉害。叫他马上来。这是谁？"

　　我没有回答，将库尔特推出门外，向他解释我姨妈生病的事，并请他骑车送我去找医生。他以惊人的速度飞驰，可这已经不再让我欣赏。我们骑车的时候，他告诉我一切都结束了，他要去和任何他喜欢的女孩约会。我不知道自己是否回答了他，但在医生家的楼梯外，他把右手举到我面前，让我看到他取下了戒指。在我看来，他的行为很可笑；我想到了我的编辑，他懂得写作，也有能力支持写作。但我懒得向库尔特解释这些。我只想摆脱他。不知道为什么，他陪我走到医生面前，这位医生曾经给我姨妈做过检查。"我的天，"他听到我来这里的原因后说，"好吧，那……我想她剩下的时间应该不多了。"这时我才第一次明白，我姨妈就要死了。她知道吗？我母亲知道吗？库尔特再次骑车送我回家，我让他在外面等着，我进去取我的订婚戒指。他迟疑地接过去，我注意到他面带悲伤，但这已经与我无关了。我再也没见过他，很快就把他忘得一干二净。

姨妈的快活劲逐渐消退，母亲也厌倦了和她坐在一起。我在家的时候，她求我替她盯一会儿。卧室的窗户面对着一个封闭的院子，院子里有个自行车棚，棚顶栖息着几只猫，它们对着天空发出求爱的号叫。咖啡馆的后门正对着院子，醉得最厉害的客人总是从这边出来。每当我打开窗户，呕吐物和猫尿的气味会飘进姨妈的房间，但这都不如她床上散发的腐臭味难闻。我想她自己也没有注意到。她看起来一团糟。她鲜红的牙龈总是露在外面，连睡觉的时候也是。她泛黄、消瘦的手指不断摸索着被子，仿佛在寻找什么。护士每天来给她注射两次吗啡。打完针后不久，她开始低声说话，但没有转头，不清楚在她身边的是我母亲还是我。我不得不弯下腰去听她在说什么。令人作呕的气味让我无法呼吸。她低声说着她为我母亲的洋娃娃缝制的衣服，以及她们年轻时的经历。她想笑的时候，笑声会变成剧烈的咳嗽。"你还记得吗，"她喃喃道，"你把理发师藏在衣橱里的那次？如果尼尔斯没及时脱身，他可能会窒息而死。"尼尔斯是我父亲。我开始笑，因为我在那些日子里经常笑。这时，姨妈意识到她弄错了听众，很快便开始小声说起我小时候她给我缝的裙子。

母亲坐在我的卧室里，捂着围裙抽泣。

"她还能撑多久?"她问,"愿上帝帮助我们,愿她很快得到救赎。"

假如她表达的方式没有那么浮夸,也许我还可以安慰她。在我眼中,这似乎让她的悲伤显得不真实。从我的批判情绪和我的年龄来看,她明明有丈夫和孩子,却和她姐姐如此紧密地绑在一起,似乎不太正常。

没过多久,我父亲又失业了。母亲给我们的面包涂上人造黄油,我们每周喝三次麦片粥。那个冬天冷极了,而我姨妈仍然不肯死。他们以为我还在打包锡盒,因为多亏了我的编辑,我还能每周给家人二十克朗。

满十八岁的前一个月,我振作起来,去我哥哥在拉斯列斯特洛德租的房间找他。我要求见我哥哥时,房东怀疑地看着我。"她们都这么说。"她尖刻地说道,随后放我进去。在几乎空无一物的房间里,他站在地板中央,正在将一把椅子粘好。一看到他,一股柔情突然涌上我心头。我好久没见到他了。他似乎也很高兴见到我,我们在他没铺整齐的床上坐下来。

"爸爸没活儿干了，"我说，"安娜姨妈快死了，他们又快破产了。"

"我不明白这关我什么事，"他挑衅地说，"他们毁了我和贡希尔德之间的关系。我每次邀请女孩回家，老妈都要发疯。至少在这里我们能安宁点。"

"你有新女朋友了吗?"我有点震惊地问。我没有想到这种可能性，尽管他二十一岁，是个英俊的年轻人。

"是的，"他说，"我打算留住她。"

我没想到自己会开始啜泣。他从来没见过我这样。我们从不表达自己的感受。我们家就是这样。他搂住我的肩膀，这也是第一次。我开始不住地倾诉，关于我解除的婚约，关于我不再打包锡盒，关于我的诗和我对未来的规划，关于那个似乎爱上我的编辑，他有足够的影响力来帮我在这个世界上立足。我解释说，这一切只有在他搬回家后，我才能告诉家人。要是我们没有一个人能在经济上支持他们，他们就会挨饿受冻。我恳求说，如果实在不行，他可以暂时搬回去，这样在我搬出去之后，能帮忙缓解他们过渡时期的压力。

他站起来，开始在小房间里踱步。

"你挣钱吗——靠写作?"他不好意思地问。

"不多，"我说，"但我最终会赚到钱的。我保证到时候会帮助他们。"

他褐色的眼睛里浮现出悲伤的笑意。

"好吧，好吧，"他叹了口气说，"我答应你。别哭了。我受不了。我觉得你会出名的。等着吧，那个编辑会娶你的。"

道别的时候，我没有看他。我没问他和谁订婚了。我知道，他永远不可能邀请她去见我们的父母。我们家从来不接受新成员。

姨妈去世三天后，我搬进了一个租来的房间。我母亲伤心欲绝，根本没注意到。我趁机告诉她，我很快就要结婚了。她奇怪地回答说：你嫁给谁都无所谓。

我一直不明白她这话是什么意思。

我哥哥信守承诺，搬回了家里，住进布帘后面的那个房间。我把他们全忘了——忘了我的家，过着我自己的生活。

　　但有时候，当有人离我而去，或者我无意间在我孩子们的眼中发现一丝冷漠的端详，一种无情而不可逾越的距离时，我就会拿出哥哥做的那个漂亮的小针线盒，慢慢打开镶嵌着珍珠母贝的盖子。为你珍视的一切而战，老旧的音乐播放器放着这段旋律，一股莫名的悲伤在我脑海中蔓延，因为我珍视的一切都死了或消失了，而我和哥哥再也没有联系过。

SPRING 野
更具体地生长

主　　编｜苏　骏
策划编辑｜苏　骏
特约编辑｜苏　骏

营销总监｜张　延
营销编辑｜狄洋意　　许芸茹　　韩彤彤

版权联络｜rights@chihpub.com.cn
品牌合作｜zy@chihpub.com.cn

野 SPRING 望 MOUNTAIN
春山望野（北京）文化传媒有限公司

Room 216, 2nd Floor, Building 1, Yard 31,
Guangqu Road, Chaoyang, Beijing, China